アッシュベイビー

金原ひとみ

集英社文庫

アッシュベイビー

前を歩いてるガキがチラッとこちらを振り返り、いぶかしげに私を見た。中指を立てたけど、奴にはその中指が何を示すものなのか理解出来なかったらしい。えらい後悔をしていた。どうしてこんなところに引っ越してしまったんだろう、と。ここに引っ越して来て一週間。すでに引っ越しを考えている。小学校が近いのは知っていたけど、ガキというものがここまで自分勝手で自己顕示欲の強い生き物だとは思っていなかった。こんな、ルールというものを理解していない人間が大勢いる所で、私は生きていく自信がない。引っ越ししか、引きこもりか。くらいのせっぱ詰まった状況に陥っている。外に出るたび、ガキを見る。そいつらは大体狭い歩道の真ん中を歩いていて、複数の場合はギャーギャー騒いでいる。キキーとブレーキをかけても、大抵気づかない。「殺すぞ」とすごみたいところだけど、その衝動を抑えてチリリンとベルを鳴らすと、またギャーギャー言いながらほんの少し道を空ける。たまに「すみませーん」なんて言うガキがいるけど、それは私の神経を逆撫でするだけで、すまない気持ちなんて全くこもっていないように聞こえる。母親を見つけだして奴らの目の前で子供を虐殺してやりたくなるけど、そんな事したら私の方が自分勝手で自己顕示欲の強い異常者に仕立て上げられてしまうから、黙って自転車を飛ばす。バカこの際、事故を装って子供を轢き殺すために免許でも取ろうかなんて考えも浮かぶ。バカらしい。どうせ、そんな事一文の得にもならない。私だって、小学校に侵入して大量殺人を犯したクソな異常者をどうかと思うだけの美学は持ち合わせてる。ただ、美学を超えるだけの殺意が芽生えてしまった場合は一体どうしたらいいのだろう。という衝動の恐怖に、私は今震えている。

「くそ」

ただいまのかわりにそう言った私に、ホクトが振り返った。

「何、何さ」

「子供がいっぱいいいたわ」

「ああ、そう。登校日なんじゃない?」

「そうかしら。砂糖水にたかるアリのごとくいっぱいいいたのよ」

「まあ、小学校の近くだからな」

ホクトの言葉に、舌打ちする。こいつはいつもそうだ。いつもおっとりした表情とものいいで、こっちのイライラを打開しようとする。

「あんたはムカつかないの？　あんな小汚いガキどもに道ふさがれてさ」

「別に。かわいいじゃん」

私は、ホクトには同意を求められない事に気づいて黙り込んだ。

「悪いけど、私金が貯まったら引っ越すわ」

「何言ってんだよ。勘弁してよ。俺はどうなるんだよ」

ホクトの言葉を無視して、段ボール箱を一つ抱え上げると部屋に入った。ルームシェアというやつは、今回が初めてだった。恋人でもない男と二人で暮らすなんて、とっても胡散臭いし、不可能だと思っていた。それでも、私がルームシェアを始めようと思い立つ事が出来たのは、相手がホクトで、こいつだったらいくらでも家事を押しつけられるだろうと踏んだからだ。

ホクトとは、大学のゼミで知り合った。妙に痩せていて、有名なメンズファッション誌で人気のあるモデルに、少し似てると思ったのを覚えている。特に仲がいいわけではなかったけど、話すと和む彼の雰囲気が好きだった。それでも私たちは一度も寝る事なく、大学を卒業した。ホクトはものすごく高い倍率の中、奇跡的に念願の出版社に就職して、私はまともな就活をしなかったせいか、あえなくキャバ嬢に落ち着いた。私たちが共同生活をするようになって、まだ一週間も経っていない。私が宿無しになったのは、大学卒業後、半年ほど経った頃だった。その頃同棲していた彼氏が浮気に腹を立て私を追い出したからで、まるでそれを見計らったかのように、仲のいい友達らは彼氏とラブラブってやつだった。男の家を転々としていた私は、元ゼミ仲間に誘われて飲みに行き、そこでホクトと再会した。髪もすっかり真っ黒になって、仕事帰りのスーツ姿のホクトに、やけに違和感を覚えた。十人ほどのゼミ生の中でホクトを選んだのに、大して理由はない。アパートの上の人がすごくうるさくて眠れない。そう言っていたから、誘っただけの事だった。ホクトはその場の勢いもあったのだろうけど、いいね、と食いついてきた。幸い私とホクトには多少の蓄えがあったから、私は次の日部屋を見に行った。ホクトは私が勝手に選んだ2LDKのマンションを見て、一つの迷いもなく契約書にサインをした。名義は二人にしておいたから、どちらかが出ていったとしても家賃が払えれば問題はない。部屋は私の店とホクトの仕事先のちょうど中間点だし、陽当たりは良好だし、防音だから上も隣もうるさくない。ただ、私は小学校の力を見くびっていた。まさか、少子化の社会にこんなにもガキがいるなんて、考えてもみなかった。小学生の時「人に呪われてるんだよね」と言い張り、学校を休みまくっていて良かった。もしも私が普通に学校に通っていたなら、私みたいな異常者に刺し殺されていたかもしれない。

段ボールを開けて、一つ一つ物を整理していった。ホクトは引っ越してから二日で荷ほどきを終わらせたのに、私はまだまだリビングに段ボールが山積みになっている。だから私の部屋はガラガラだ。そう言えば服と化粧品以外、ほとんど出していない。あーあ、めんどくせー。明日でいいや。そう思って段ボールをクローゼットに詰め込むと、ベッドに横になった。あー、もうこのまま寝ちゃお。そう思ってアラームをかけるために携帯を手にした瞬間、手の中で携帯が振動した。「お茶飲まない？」というホクトからの簡潔なメールを見て、私は苦笑した。確かに、勝手に部屋に入るなとは言ったけど、ノックでもしてくれればいいのに……。そう思いながら腰を上げた。リビングに戻って、ホクトが持ってきたテーブルの前に腰掛けると、台所に立つホクトの背中を見つめた。

「別に、そんな気にしなくていいのよ」

「……え？　何？」

「あんた、私の部屋まで一歩も入ってないでしょ」

「あ、ああ。だって入るなって言ったじゃん」

「そうだけど、卑屈なほどに私の部屋を避けなくてもいいよ、って事」

そうなの？　そう言いながら紅茶を差し出すホクトは、何だかお母さんみたいだった。

まあ、私の母親はコーヒーしか飲まないカフェイン狂いだったから、一般的な母親を基準にしての話だけど。

「おめーよー、本当にあのガキたち見て殺意わかねーの？」

「何言ってんだよ。俺もアヤも昔はちっちゃい子供だったんだぞ」

「だから何よ。その頃の私たちを見てムカついてた大人がいっぱいいたんだって思うと余計にムカつくわよ。むしろ、自分を殴ってやりたいわよ。自分があんなガキだったなんて思ったら、生きてられないわよ。もう、釘がいっぱい刺さってる棒で自分の頭殴って死にたいわよ。何？　あんた死にたいの？」

「いや、何か、意味が……」

「わからないのね。だったらいいわ。ていうかごめん、眠くってさあ」

「あ、ごめん。無理に誘っちゃった？」

「ううん。アールグレイ飲みたいと思ってたの。ただ、ただね、眠いだけなの」

「あそう。だったらいいけど」

私たちは黙ったまま紅茶を飲み、一足先に飲み終わった私は、カップをソーサーに置くと立ち上がった。

「ねえ」

「何？」

「今度、アヤの部屋遊びに行ってもいい？」

私は苦笑してうなずいた。遊びに、っていうのは、ちょっと大げさだ。そう思いながら部屋に戻った。ほんと、同居人が一度も部屋に入った事がないって、どうなんだろう。引っ越しは別々にしたし、それ以降はずっとこんな調子だったし、ああ、いい加減一度くらい入ってもらわないと、共同生活をするにあたって何だか落ち着かないから、明日あたり私が眠くなかったら、一度入ってもらおう。そう思いながら目を閉じた。眠りが近くなってきた瞬間、明日は月曜日だから、私が帰ってすぐホクトは出勤なんだ。そう思い出した。もしも私たちが恋人同士だったら、これをスレチガイなんて言うんだろう。まあ、私たちにとっては何の不都合もないけども。ていうか、日曜にこんな朝早くから起きてるなんて、何か予定でもあるんだろうか。ていうか、ホクトの事なんて考える暇があったら、この睡眠不足を何とかしろって話か。


「えー？　館山くんと同棲してんの？」

「同棲って言わないで。ルームシェアって言って」

私はゼミの飲み会以来会っていなかったナツコとカフェに来ていた。週二回の貴重な休みをナツコに使うのは癪だったけど、今日はこの後の合コンの穴埋めも兼ねているから、良しとしよう。ナツコはゼミの中で一番仲の良かった女の子で、ＯＬになってからは忙しいらしく、大好きな合コンも週一ペースだよ、なんてほざいている。

「え？　何？　付き合ってんの？」

「付き合ってなーい」

「じゃあ何？　体だけの関係。ってやつ？」

「いやいや、寝てない寝てない」

「じゃあ何なの？」

「何なのって、ルームシェアニスト？」

「シェアニスト、とは言わないんじゃない？」

「あそう。まあ、同居人？」

「じゃああんた、男連れ込む時どうしてんのよ？」

「連れ込んでも支障ないわよ。だってホクト私の部屋入った事ないし。部屋、鍵ついてるし」

ナツコはしかめっ面で「ふうん」と言い、ブレンドをすすった。すするなよ、そう思いながらタバコを消すと、ナツコはガチャンと音をたててカップをソーサーに置いた。

「館山くんて彼女いるの？」

「えー？　知らなーい」

「知らないの？」

「ただの同居人なんだってば」

だからってさあ、とナツコは呆れたように呟いた。私はホクトが女の話をしているのを、ほとんど聞いた事がない。そう言えば、大学の頃からホクトに関して惚れたはれたの噂は一度も聞いた事がなかった。

「一回さあ、合宿の時に迫ってみたんだけどさあ、あっさりかわされたんだよね。ほら、私ロリ顔だから好みじゃないのかなあ、って思ってたんだけど、セレブ系のあんたにも手え出してないいんだね」

ああ、あんたホクトに迫ってたんだね。てことはつまりゼミの男のほとんどに迫ってたんだね。お前はほんと公衆トイレだな。

「もしかしたらホモかも」

そう言うと、ナツコは「ああー」とうなずいてから苦笑した。まさかあ、という声を聞きながら、私はホクトが男に突っ込まれているところを想像した。ああ、ありえない。とってもありえない光景だ。でも、世の中には想像もつかないような性欲を持っている男は腐るほど、ていうか腐って異臭を放って溶けるほどいるんだろうから、ホクトがその内の一人であってもおかしくはない。ああもしかしたら本当にホモかも。

「いやいや、まじで考えるなって」

「うーん、まあいいんだけどさ。ホモってもう文化だしね。海外では結婚出来るとこあるしね。気持ちいいんだろうしね。ただちょっとありえない気がしてね」

「いや、まあ、ホモって決まったわけじゃないんだし」

「うんうん。もちろんわかってるよ。でもあいつがネコだったら結構それ系の人たちの好みかなあ、とか、どんな声出すんだろう、とか、ちゃんとゴムつけてんのかなあ、とか」

「はいはい。まあその話はおいとこうよ。ていうか、じゃあ今度みんなで遊びに行くよ」

ああ、来ないでください。飛びきりの営業スマイルで言うと、ナツコは私をこづいて口を尖らせた。一体、うちに来て何するつもりなんだよ。ホクトとヤルのは構わないけど、うちで同棲されるのは勘弁だ。まあ別に、ホクトの部屋に二人住んで、彼らが家賃の三分の二を払うってんなら考えなくはないけども。

私たちはその後買い物をして、夕方の新宿で他のメンバーと合流した。うーん、イマイチ。パッと見て小さく一言呟いた私に、ナツコもうなずいた。つられたように、ナツコの同僚だという女の子二人もうなずいた。私はその子たちと初対面だったけど、その瞬間に仲間意識が芽生えた。

これでワリカンだったら承知しねえからな、という目つきで男共を睨んでいると、彼らは調子よく自己紹介を始め、私たちも渋々名前と職業だけをポツリポツリと紹介した。一応、私もOLという事にしておいた。まあ、このレベルの低さじゃ、キャバ嬢だと言って引かせても良かったかもしれないけど。まあね、別に顔の悪さだけだったら、大した問題じゃない。そんなの、毎日の客で慣れてる。だけど、この話のだるさは一体どうした事か。

センスのないネクタイといい、センスのない話といい、センスのない下ネタといい、お前らは一体誰にセンス泥棒されたんだよ、って感じ。あ、生まれつきだったらごめんなさい。みたいな。隣に座った男の息が臭かったから、乾杯の後すぐに席を立って、並んで座っているナツコの同僚二人の間に割り込んだ。

「くそ、あいつは家畜かよ」

そう言うと、ロングヘアの女の子が「どうしたの？」と首を傾げた。

「あ、臭わない？　ならいいんだけど」

そう言ってその子のジョッキを奪うと、もう一人の女の子が一気コールをかけ始め、他の男たちまで便乗してきたから、私はその大ジョッキを飲み干した。強い炭酸に、やけに喉がヒリヒリした。

「で？　名前なんて言うの？」

一気飲みをする私を唖然としながら見ていたロングヘアの彼女に聞くと「さっき紹介したよね？」と、いぶかしげな顔をされた。ああそうね、なんて言って話をそらそうとしたけど、何となく気まずくなってしまったから、素直に「忘れました」と言った。

「トモコです」

「へえ。じゃあ、モコって呼んでいい？」

「いいよ」

「で、何でモコは男共と話さないの？」

「あたし、チンコが嫌いなんです」

「ほほお。珍しいおなごじゃのう」

モコは控えめに笑ったけど、茶色い髪をまっすぐに伸ばして、恐らくファンデーションは使ってないであろうにものすごく白い肌で、花柄のスカートをはいている彼女が、チンコという単語をためらいもなく口にするとは思ってもいなかった。

「何で嫌いなの？」

「マンコが好きだから」

「ほほお。簡潔じゃのう」

そう言うと彼女は真っ直ぐ私を見つめた。彼女の唇の真ん中には、赤く一本の線が入っていた。カサカサの唇が、その切れた痕をさらに痛々しく見せていた。

「でもさーあ、マンコが好きだからチンコが嫌いっていうの、ちょっとおかしくない？まあ、マンコが好きなのはわかるけどさ、でも、だからってチンコが嫌いになるわけじゃないっしょ？　いわゆる、ほら、バイになればいいわけじゃん。やっぱり、あれでしょ？　チンコが嫌いになる理由があったんでしょ？」

　ただの興味で聞いてしまったけど、言ってしまってから彼女をとても傷つけるような事を言ってしまったんじゃないかと、不安になった。彼女に、幼い頃からお父さんに性的虐待を受けていた、とか、結婚寸前までいった彼氏がホモだった、とか、そういう辛い過去があった場合、私は悪人だ。

「ううん、別に。生まれつきかな」

「見たところ、とても女っぽいけど、つまり、えっと、モコはネコとタチで言ったらどっちなの？」

「レズってね、あんまりその辺はっきりしないの。両方が気持ちよくて、イケればいいかな、って感じだから、どっちがどっち、っていう事もないかな」

「へえ。ごめん、私そういう経験ないから、ちょっとよくわからないんだけど、双頭バイブとか、ほんとに使うの？」

「ああ、使う人もいるけど、私は持ってないよ。何か、もっと生肉で一体になりたいの。ていうか、何かうざったいよね。もっとさ、生肉を突っ込んでもらいたいのに、私たちにはその、手頃な肉棒がなくてさ、何かもう、むしゃくしゃしちゃうよね」

　あー、そうねえ。と言いながらモコが女と交わっているシーンを想像してみた。私は今まで、女とレズという関係になった事はない。二、三回、いわゆる乱交という場面で女の乳やマンコを舐めた事はあったけど、あの味は決して好みではなかった。男が見たい見たいと騒ぐから、ノリでやってしまっただけだ。でも、どっちがどっち、という役割分担がされていなくて、男のように精液を発射する事のない女同士が交わるのは、ものすごく面倒くさい事のように思えた。だからきっと、世の中にはホモよりもレズの方が少ないのだろう。今まで、私にはこれといって仲のいい女友達がいなかった。いやいや、別にいらないし。と思っていたし、恐ろしいほどに互いを知り合っている女たちを見ると寒気がする。彼女たちを見ていると、いつかどちらかがどちらかを刺し殺してしまいそうな気がしてしまうのだ。あまりにも他人を知ってしまった時、人は死ぬか殺すかの二択になってしまうのではないかと、思う。プライバシーのない関係、というのをよく目にする。私は彼らがものすごく怖い。互いに何を求めているのか、もう、互いの全てを知り尽くしてしまえばそれで満足なのかと、勘ぐってしまう。恋人や旦那の携帯を勝手に見る女がいるそうな。そしてその行為によって浮気がバレたりする事があるそうな。そういう、遠慮のない関係というのが、私は大嫌いだ。というか、そんなに見せ合ってしまったら、それはもう関係ではない。連帯だ。何が悲しくて他人の人生を……と思うのだが、人はいとも簡単に人と別れる。どうしてそこまで自分をさらけ出して、互いを見せ合った仲で、そんなにも簡単に人と絶縁する事が出来るのか、とても不思議だ。いや、すごいとも思う。未だかつて私は、他人に思いのままに心を許して付き合った事がない。拒んできたのかもしれない。そうだ、考えてみれば私に心を許してきた男や女はたくさんいた。でも私はかたくなにそれを受け入れなかった。だから付き合いはいつも希薄で、彼らはいつしか愛想を尽かして私の前から消えた。彼らがそれを望んだのだから仕方ない。そう思うと、余計に彼らが何を望んでいたのか、わからなくなった。そりゃあ、十年二十年と一緒にいれば、多少は気を許すかもしれない。でも、彼らはせいぜい二、三年の付き合いだ。たかが二、三年で心を開けだなんて、横暴だ。ひどい。みんな、ひどいよ。そうは思うけど、彼らが望むようになれなかった私にも、責任があるのかもしれない。

「私、食べ物の中でユッケが一番好きなの」

そう言うと、モコはすごく嬉しそうに笑った。

「私は、馬刺しが一番好き」

そう言うモコがものすごく可愛く見えたから、バッグを持ってトイレに立った。トイレの熱い程の照明が、私をポッカリと浮き上がらせた。鏡に映る私の顔はコンシーラーが浮いていて、気持ち悪かった。化粧を直して、しばらく照明を見上げていると、モコがやってきた。化粧ポーチだけを持って入ってきたモコを見て、初めて女を犯したいと思った。ちょっとだけ、ちょっとだけいい？　何か言い訳するように言って、モコを個室に連れ込んだ。女とトイレの個室に入るのは初めてだったけど、私は微塵のためらいもなく鍵を掛け、バッグを床に落とし、モコの化粧ポーチを手からもぎ取って床に投げ捨てた。モコのスカートをまくし上げ、パンツに触れると温かい肉がそこにあった。脱がすなんてところまで頭が回らず、パンツをずらしてそこから指を入れた。ぬめっとした感触が指を包み、濃度の高い汁が人差し指の爪の間に入り込んだ。

「アヤちゃん」

不意に名前を呼ばれて、少しだけ現実に引き戻された。あ、何か私、すげえバカみたい。一瞬、我に返って指が止まった。

「もっと入れて」

ああ、いいや。もっと入れよう。私は人差し指を根本までぐっさりと刺し、中指も少しずつ差し入れた。スカルプを付けた爪を気にして、かなりゆっくり挿入したけど、モコは大して気にする様子もなく息を荒らげた。爪で中を傷つけてしまいそうで、モコの表情を観察しながらゆっくりと指をピストンさせた。パンツを思いっきりずらすと、私はモコの首元に噛みついて、その痕をしっかりと目に焼き付けてからしゃがみ込んだ。陰毛をかき分けて、肉を左右に引っ張ると、クリトリスを唾で濡らした。ぬらぬらと光るそれを何度も下から舐め上げると、モコは私の頭をくしゃくしゃと撫でた。少しだけ男の気持ちを垣間見た気がした。指と舌が痺れ始めた頃、モコは痙攣しながらイッた。引き抜くと、指の腹がふやけていた。半開きにした唇に強く噛みつくと、モコはさらにだらしなく口を開き、少しだけ目を潤ませた。切れていたモコの唇が鮮血を滲ませ、それは私の口の中に流れた。舌でその味を確かめるように舐めると、水道水の味がした。

「アヤも、イカせてあげる」

あー、何かこのセリフを女の声で聞くとすげえレズって感じするなあ。いやあ、何か、すげえ、変な感じ。

「あの、私、大丈夫だから、あの、別に、そんな……」

ああ、と諦めの声で喘いだ。モコの舌が私の穴を貫くように鋭く入ってきて、一瞬にして止める気力が失せた。モコは、さっきフェラするようにジュルジュルと音を立てて愛撫していた自分が恥ずかしくなるほど上品に舐めた。あー、私はなんて下品な行為をしてしまったんだろう、なんて思った。男はさ、何か音たてて舐められるのを喜ぶから、そういう方がいいのかと思っちゃったんだよ。ごめんねモコちゃん。

「あー、もうだめだあ」

　情けない声でそう言って、私はオレンジ色の照明を見上げた。モコはさらに舌を大きく動かし、私は顔を上げたままイッた。

「今日さあ、私さあ、女とさあ、交わっちゃった、あれ？　交わった？　何か、変だな。あ、まぐわった。みたいな。いやいや、もうちちくりあったでいいや。うん、何か女の子とそういうやらしい事しちゃったんだよね」

「ふうん。初めて？」

「初めてだよ」

「どうだったの？　イケたの？」

「うん。イッちゃった」

「はまりそう？」

「そりゃーないね。やっぱさ、ズコッとハメてもらわないと何か満足出来ないじゃん」

「あー、アヤはそういう女だよ。なまやさしい合体じゃ満足しなそうだもん」

「あー、そうですか？」

うんうん、とうなずくホクトを横目に、ビールを飲み干した。結局、あの後さりげなく「ちょっと電話してくるね」なんて言って合コンの場を逃げ出してしまったけど、彼らはまだ飲んでいるのだろうか。何かすごく悪い事をしてるみたいな気がして、携帯の電源も切ったままだ。モコに電話番号を教えたわけでもないのに、誰かに責められそうな気がして仕方なかった。何だか、ヤリ逃げをする男っつーのはこんな気分なのかな、なんて思った。いやいや、そんな、ヤリ逃げだなんて、だって私イカせたし、フィフティーフィフティーだよね。モコ、かわいいし、慣れてたし、きっと私の事なんてすぐ忘れちゃうんだろうなあ。あーあ、可愛かったなあ。まあ別に、女なんていらないけど。

「で、付き合ったりするの？」

ホクトの言葉に、私は目を丸くして肩をすくめた。

「しないし」

「しないの？」

「しないさ」

「ひどくない？」

「ひどい？」

「ひどくない？」

「ひどくないよ」

「そうなの？」

「そうだよ」

ああ、そう。ホクトは納得したようにうなずいて、私の注いだビールを飲み干した。遅くに帰っても珍しく電気が点いていたから「飲もうぜー」なんてガンガンドアを叩いたら、ホクトは思い切り寝起きの顔をして出てきた。ガキじゃねえんだから寝る時くらい電気消せよ、と思ったけど、叩き起こした私にも責任はある。

「で、ホクトは明日仕事？」

「あ、いや、明日は休み。ていうか、俺は大体いつも土日休みだけど？」

「あー、そっか。そうなんだ。じゃあ飲み明かそうよ」

ホクトは少しだけ迷惑そうな顔をしたけど、すぐにいつもの笑顔でもみ消した。

「俺、あんまり飲めないけど」

その言葉を聞き流して、ホクトのグラスにビールを注いだ。キッチンの電気を消して、リビングの間接照明だけで部屋を照らすと、私もホクトも幽霊みたいな顔になった。もしもホクトが普通の男だったら、今この場で一も二もなくセックスしてるんだろうなあ、なんて思った。

「ホクトはさあ、性欲とかないの？」

「まあ、あるよ。人並みに」

「へえ。そうなんだ。そうは、見えないね」

ホクトは少しだけ笑って、そう？　と聞いた。

「アヤは、ずっと男に求められてきたんだろ？」

「人並みに」

「俺は、そういう女があんまり好きじゃないんだ」

「そう、なんだ。へぇー」

私はへぇー、とか、ほぉー、とか何度も言いながら、グラスを持ったまま立ち上がり、自分の部屋に帰った。あ、飲み明かそうなんて言ったくせに、自分から部屋帰っちゃったよ。なんて思いながら鍵をかけ、ビールを飲み干して眠りについた。

バカらしい。私は昨日ホクトと話した事柄を思い出してため息をついた。遠回しに、ていうか、直接的に、ていうか、もろに「お前とは寝たくない」と言われた。こっちから願い下げじゃあ、と言ってやりたかったけど、言ってどうなる事でもないから仕方ない。大体、ホクトと寝たいと思っているならともかく、私にはそんな気微塵もない。

あーあ、出勤かよー。なんてボヤきながら部屋を出ると、リビングでテレビを見ているホクトと目が合った。

「おはよ。アヤは今日も出勤なの？」

「出勤なのー。土曜出勤のオヤジたちがねらい目なのー。同伴出勤しなくちゃだから必死なのー」

「そうなんだ。大変だね。ねえ、アヤの店ってどこなの？」

「新宿ですけど？」

「それは知ってる。店の場所。名刺とか持ってないの？」

「持ってますけど？」

「ちょうだいよ」

「来るの？」

「会社の人がね、いい店知らないかって、言ってるんだけど」

「ほほお。じゃあ、私を指名するように言ってくださいな」

素早く部屋に戻って名刺入れを持って出ると、両手を添えて名刺を差し出した。営業スマイルで見つめると、ホクトは困ったように笑った。

「そんな、うるさい店じゃないんでしょ？」

「そりゃあもう。大人のお店ですから。ギャーギャー騒ぐ店とは違いますよーだ」

「へえ。今度俺も行こうかな」

「来るんならピンク色のドンペリ入れてね」

そう言うとさっさとバスルームに向かった。シャワーを浴びて、昨日かいた汗をどんどん洗い流していくと、ふと一瞬モコの体臭を嗅いだような気がした。垢すりを肌に滑らせていた手を止めている自分に気づいて、苦笑した。ふう、とため息をつくと、膣に指を入れて奥まで洗った。ボディソープをつけた指先が、でこぼこだらけの生肉をまさぐった。

最初にピリッと刺激を受けた肉は、次第にその刺激に慣れ、途中からオナニーを始めた。グリグリと泡にまみれて揉みしだくと、すぐにイッた。余韻も味わわずにトリートメントを洗い流して、バスルームを出ると、ホクトはまだテレビを見ていた。


「初めまして」

そう言って名刺を差し出す男の指を見て、私はため息をついた。こんなに完璧なフォルムの手は初めて見た、というくらい彼の指は美しかった。彼の手は、美しく、かつ高貴な微笑みを浮かべていた。

「初めまして。レナです」

私は短く言うと、名刺を差し出し、受け取った名刺に目を通した。会って早々名刺を出すなんて変な人、と思った矢先に男が口を開いた。

「館山くんに教えてもらったんですよ。ここ」

一瞬考えて、すぐに思い出した。そう言えば、この間名刺あげたっけ。ああ、そうなんですかあ、私は大きな声で驚いてみせ、男の指をチラチラと観察した。

「接待に使える店を探してるって、言ってましたけど」

私はそう言って首を傾げた。

「ええ。下見です。あんまり過激すぎると、引く人もいるんで」

「ああ、そうですよね。へえ。ああ、ごめんなさい。何か、館山くんに村野さんみたいな知り合いがいるなんて、ちょっと意外で」

「僕も、館山くんと知り合ったのは最近なんです。会社で、まあ部は違うんですけど、創立記念パーティーの時に知り合って、それで担当してる作家が若い女の子のいる店ばっかり行きたがる、ってこぼしたら知り合いが働いてる店があるって言ってくれて」

そうなんですかあ。と、言いながら水割りを作った。村野さんはテーブルに手を伸ばし、その細い指先でソフトパックから一本タバコを取り出した。優雅な動きでそれを口元へ運ぶ美しい手は、水草をついばむ白鳥のように見えた。大きなため息が出そうになるのをおさえて、短く息を吐き、呼吸を整えた。

「村野さんて、お幾つですか？」

「三十二です」

「見えませんねー」

大げさに言って、驚いてみせた。隣のボックスに座っているユリアがチラッとこっちを見た。「いい男じゃん」と目で言っている。「黙ってろ」と目で言うとイタズラっぽく笑ってハゲオヤジに向き直った。確かに村野さんのような男の人が一人でこの店に来るのは、珍しい事だった。大学生の頃に働いていたキャバクラだったら、みんなでギャーギャー言いながら彼にくっついていただろうけど、この店ではそんな事は許されない。何てったって、三十を超えたホステスはほぼ着物、といった落ち着きっぷりだ。私もいつか、あんな重苦しい物を身にまとってオヤジたちに媚びを売らなければならないのかと思うと、早く玉の輿っていうやつに乗らなきゃと焦ってしまう。

「それにしても」

そこまで言うと、村野さんは眉間に皺を寄せて、いぶかしげに私を見た。女の子のような目をしていて、何となくモコを思い出した。

「あの、細いですね。指」

私の言葉にほんの少し眉を上げると、自分の手を見つめながら、皮肉っぽく笑った。

「細い、ですか？」

「ええ。だってほら、私とあまり変わらないじゃないですか」

村野さんの手に自分の手を並べると、彼はまた少しだけ眉間に皺を寄せて何かを考えているようだった。

「いや、レナさんの方が細いですよ」

まだ難しい顔で、そんな事を言う村野さんを見ていたら、何だか面白くなってきた。こんなに近づいているというのに、いやらしい表情をおくびにも出さない彼に、嫉妬を感じた。嫉妬、って言うのはちょっとおかしいだろうか。さりげないボディタッチに「やっほーい」という態度を全く見せない客に対して、私たちは無力だ。無理に触ると、嫌がるお客さんもいる。どうやら、村野さんは喜びも嫌がりもしないようだけど、私はひどく面白くなった。「ほらほらー」なんて言って触ってくる客の方が扱いやすいっちゃそうだ。大体、水商売なんてそのためにあるもんだ。なんて思っていたけど、この店に来て、私は初めてマネージャーに怒られた。お客さんに乳首つままれて喜んでるんじゃない、と、怒られた。意味がわからず、は？　と何度か聞き直して、この店ではそういう下世話なサービスは行うな、と怒られている事をやっと理解した。全く、水商売のくせに何を気取ってるんだか。

村野さんは大して話すでもなく、大して私の話を熱心に聞くわけでもなく、大して面白そうでもなく、帰りたいと思っているのかとさりげなくのぞき込むと、おっとりした笑みを浮かべて私を真っ直ぐ見つめる。途中でヘルプについたルミちゃんは私たちの会話にほとんど口を挟まず、たまに口を開けば的はずれな話題ばかり持ちかけてくる。ローソンで、新発売のおにぎりが、すごく美味しくて、みたいな。そんな話ばかり。お前はローソンでバイトしてろっつーの。という言葉を呑み込んで、私は彼女を軽く睨んだ。村野さんは一時間もすると、携帯をチラ見してから「じゃあそろそろ」と言った。

「お帰りですか？」

「ええ。今日は下見なんで」

そうですか、と言いながら不服そうな顔をすると「ここ、今度使わせてもらいます」と社交辞令じみた言い方で突っぱねられた。あらら。何だか最近の私はホクトといいこの人といい、全くモテないなあ。

「じゃあ、待ってます」

そう言って、私は素直に彼を送り出した。店の外に出ると、肌寒い風が吹いていた。

「また来てくださいね」

懇願に近い目をしていたんだと思う。村野さんの目は、少し引いていた。あ、やりすぎたか。そう思った瞬間、村野さんは「お疲れさまでした」と言って背を向けた。

「ありゃあキャバクラ来る人種じゃないね。扱いづらいんだよあーいう客は」

「ま、いいじゃん。客連れてきてくれるんだから」

「そりゃあそうだけどさあ。何か、嫌な奴だよな。お前も、村野さんも。性欲の欠片も見せやしねえじゃねえか。男じゃねーよお前ら。て、私がこんな事言ってたの、村野さんには言わないでね」

「俺、わかるんだ」

「何が？」

「アヤの趣味」

「何それ？」

「村野さん、お前の好みだろ」

「何で？」

「わかるんだよ」

顔をしかめて、二度程瞬きをして、うなずいた。正直に好みだ、けどあんなんじゃ男は使い物にならない。そこまで考えて、ホクトに初めてお前と呼ばれた事に気づいた。何となく違和感があった。

「好みだけど、性欲のない男は嫌いでーす」

ホクトは笑って、私にビールを注いだ。最近、ホクトと飲む機会が増えた。と言っても、生活のリズムが真逆だから言うほど多いわけじゃないけど。何となく顔を合わせれば飲むようになった。しかしまだ、ホクトは私の部屋に足を踏み入れていない。ルームシェアを始めてもう一ヶ月になる。ま、別に今日じゃなくてもいいや、と思いながら機を逃した、というのが本音。

「ホクトはさあ、彼女とかいないの?」

「いない」

「作らないの? 出版社は堅い女しかいないの? 地味でブスな女しかいないの?」

「そういうわけじゃないけど」

そう言って恥ずかしそうに笑うホクトを見ていたら、Sの血が騒いだ。そう言えば、モコと交わった、つーかちちくりあったあの時、私はものすごくサディスティックな感情を持っていた。彼女との情事を思い出すと、少しだけマンコがジクッと疼いた。あーあ、ここにいるのがホクトじゃなかったらヤッてるんだけどなあ。

「村野さん」

大きな声を上げて、私は目を丸くした。ああ良かったもう来ないかと思った気を悪くさせちゃったのかと思った嫌な思いさせちゃったのかと思った。胸がいっぱいだった。また来てくれて良かった。あれから何度村野さんの名刺を見つめた事か。携帯番号の書いてない名刺を睨みつけ、営業電話で会社にまで電話するわけにはいかないと、どれだけ思い悩んだ事か。接待なんだけど、接待なんだけど、接待なんだけど、良かった。こんにちは、と涼しげに微笑む彼を見て、私は自分の出してしまった声を恥じた。この間村野さんが店に来てくれてからまだ二週間ほどしか経っていないというのに、数年ぶりの再会、みたいな声で歓迎されたら、そりゃ引くだろう。この二週間で、私はどれだけ村野さんが自分の好みの男であるかを認識した。とっても、気になるのだ。何度、ホクトに「村野さんて……」という質問をしようかと悩んだ事か。結婚してるの？　と聞いてイエスの言葉を聞くのが怖かったし、私の事何か言ってた？　と聞いて悪い言葉を聞くのも怖かった。

村野さんは、作家だという偉そうなおっさんと、上司だというおっさんを三人連れて来ていた。私の他に四人の女の子がついて、場には下世話な話題ばかりのぼり、私と村野さん以外の八人のテンションは上昇を続けた。いつもだったら率先して下ネタを飛ばすところだけど、彼らの下品な言葉を唇の端を持ち上げてやり過ごす村野さんを見ていたら、私ものるにのれなかった。そんな、見下したような目ぇしてていいの？　と、私の方が不安になった。お前はノリが悪いな、なんて言われて左遷とかリストラとかされちゃったりしないの？　きっとこの人は一生出世出来ないだろうなあ、とも思った。いやいや、今は実力社会なの？　もっと、個々の能力が認められる世の中なの？　よくわかんないけど、大丈夫なの？　村野さん。私の心配をよそに、彼は物静かに水割りを飲んでいた。途中でノリに乗ったおっさんが「ドンペリー」なんて言ってピンドンを入れたけど、彼だけはあっさり「結構です」と言って水割りを飲み続けていた。どうして彼はこんなにも強い自信を持ち、平然としていられるのだろう。そして、どうして私はこんなにつまらない男に惹かれてしまうんだろう。私に興味を示さない村野さんにも、そんな彼に突っ込んだ質問や話を出来ない自分にも腹が立った。

「村野さんはぁ、結婚してるんですかぁ？」

向かいに座っているルミちゃんが、また空気を読めない発言をして、私はさらにイライラした。どうしてさっきから私がずっと聞きたいと思いながら聞けなかった言葉をあんたが、たかがヘルプのあんたがするんだよ。くそー、十代だからっていい気になってんじゃねーぞこら。

「してません」

はあ、とため息が出た。安堵のとも、諦めのともつかないため息だった。もちろん、結婚していない事は嬉しいし何だったらしてください、って感じなんだけど、三十二で顔が良くてそれでも結婚してない人は恐らく、独身主義者か問題アリかの二択だ。

「バツイチなんですけどね」

彼の言葉に、私はまた、はあ、とため息をついた。今度は、安堵の。バツイチだったら、いい。まあ、とりあえず女に興味がないわけじゃないという事だけはわかった。

「再婚のご予定は？」

自分を嫌悪する事はしばしばだけど、それを改められないから、今の自分があるとも思う。今の私には、彼が嫌な思いをしていなければいいなあ、と願う事しか出来ない。

「ないですね。別に、あんまりしたいとか思わないです」

したくないいんだあ。気落ちして思い切り眉間に皺を寄せると、ルミちゃんが同じ顔でうつむいてるのが目に入って、私は苦笑した。ソープの話で盛り上がっているオヤジたちを横目で見ながら、村野さんに水割りを作った。大体、わかってきた。彼は、女に興味がない。少なくとも、私たちのような水商売の女には。そして、結婚をする気はない。そして、彼は今ひどく憂鬱だ。何だか、こっちが心配になる程、彼は接待相手を軽蔑している。いや、きっと私たちの事も軽蔑している。彼は、とりあえず今私が見ることができるもの全てを軽蔑している。この店のキンキラなインテリアも、入り口にドーンと構えている胡蝶蘭の花壇も、ボーイたちも、揉み手のマネージャーも、私たちも客たちも、何もかも見下している。こういう客は、いない事もない。たまに「こんなとこバカしか来ないぜ」みたいな態度をとる人もいない事はない。でもきっと、村野さんはもっと大きなスケールでバカにしてるんだと思った。もちろん、私はこの店でしか彼を見ていないから何とも言えないけれど、外に出てもこの人はこういう態度ばかりとっているんじゃないだろうか。だって、普通だったら一番媚びを売らなきゃいけない接待相手と上司が一緒なのに、こんな目をしている。あーあ、この人よくこれまで生きてこれたなあ。彼が、誰かに興味を持つ事とかあるんだろうか。そう思うと、彼がかつて結婚していた女性に興味を持たずにはいられなかった。嫉妬と興味が渦巻いて、思わず持っていたハンカチを握りしめた。村野さんは原田さんという上司のオヤジが「こないだ行ったソープの韓国女はシマリが良くてなあ」と言うのを冷笑を浮かべて聞いていた。そんな態度とって大丈夫なの？　とヒヤヒヤしながら彼を見ている自分に気づいて、笑ってしまった。一体私は彼の何なんだよ。そう思ったらまたヘラヘラと笑みがこぼれた。私は彼のようにはなれない。全てを見下せない。冷笑も浮かべられない。ていうか第一に、下らない話にもヘラヘラ笑ってるのが私の仕事だ。

「レナちゃんこっちおいでー」

あーあ、こいつ最低だよ。そう思いながら私は原田さんの隣に移った。あんなにあんたの話には乗らないようにしてたのに、全部台無しだよ。よっぽど、私はソープの韓国女じゃないしヤリマンだからシマリ悪いっすよ、と言ってやろうかとも思ったけど、そんな事言ったら私がリストラだよバカ野郎。村野さんと原田さんの間に座ってから、私はどちらに合わせたらいいのかと困惑しながら酒ばかり飲んでいた。いやいや、もちろん盛り上がっている下世話なきゃつらに合わせるのがプロなんだけど、どうしても村野さんが気になってしまい、乗り切れなかった。

「レナちゃんは下ツキ？　上ツキ？」

こいつまじで一発殴ってやろうかな、と思った瞬間に、村野さんが席を立った。

「下ツキでーす」

そう言って私も立ち上がった。トイレまで送って、また一つため息をついた。下ツキだよ。誰もが認める下ツキだよ。ああそうだよすげー下だよ。ネタに出来るくらいの下ツキだよ。アナルとマンコの距離が一センチだよ。一センチ？　は、言い過ぎか。あーあ、村野さんさえいなけりゃ下ネタで盛り上げられんのになあ。ていうか、私が意識し過ぎなだけか。出てきた村野さんにおしぼりを出すと、彼は美しい手でそれを受け取り、申し訳なさそうな顔で私を見つめた。

「すみません下品で、仕方ないですねあの人たち」

下品、という言葉に私は過剰に胸を痛めた。

「まあ、そういう場所ですから」

自嘲するように言うと、本当に下らない仕事だと思った。村野さんはその言葉に答えず、黙ったままおしぼりを返し、私は居心地が悪くなった。

「ごめんなさいね、何だかプライベートな事まで聞いてしまって」

実際に聞いたのはルミちゃんなのだけど、自分も気になっていたし、同罪な気分だった。

「……ああ、別にいいですよ」

一瞬何の事かわからなかったのか、間があった。彼の元奥さんが、彼に対してどんな態度を取っていたのか、それから結婚する時プロポーズをしたのはどっちだったのか、彼だったのなら何と言ったのか、それから、彼がどんなセックスをするのか、気になって仕方なかった。一体、彼はどれだけつかみどころがないのだろう。

彼らは、三時間ほども下ネタで盛り上がり、村野さんは三時間爽やかな作り笑顔と見下したような表情を使い分け、帰って行った。見送る時に「また来てくださいね」と言ったけど、村野さんは作り笑顔のまま「ええ」と言っただけだった。最後に冷静な表情で「お疲れさまでした」と付け足し、ロングコートをひるがえして背を向けた。おっさんたちは何度も振り返り、手を振ったけど、村野さんだけは一度も振り返らなかった。ホクトに何て言おう。楽しくなさそうだった、としか言えない。まあ、他のオヤジどもはものすごく楽しんでいたようだけど、村野さん以外はほとんど見ていなかったから、楽しそうだった、としか言えない。イヤだなあ。帰りたくないなあ。ホクトは何て言うんだろう。自分の無力感を嘆く事しか出来ない私を見て、何と言うのだろう。バカにしてくれれば少しは楽だけど、ホクトはバカにすらしてくれないだろう。無性にモコに会いたくなった。そう言えば、モコは私がキャバ嬢だという事も知らないんだっけ。合コンではＯＬという事になっていたし、あの後連絡も取っていないから、きっと本当に私がＯＬだと思っているんだろう。そう思ったら何だかものすごくおかしくなった。彼女の想像の中でだけでも、私はスーツを着てＯＬをしているのだと想像したら、ありえない、そう呟いていた。私は、彼女たちと違って、弱い人間だ。もちろん私はまともな就活をしなかったけど、弱小クソ会社のＯＬであれば何なく就職出来たはずだ。でも私は、ハゲオヤジにこき使われるなんて耐えられない。ハゲオヤジに乳首をつままれるのはＯＫだけど「コピーとって」と言われるのは耐えられないのだ。とても弱い。女としての価値を見出してもらわなければ、自分の無力感に泣き出してしまうから、この仕事をしている。世間の人たちは私たちをバカと言う。キャバクラなんて、ルックスで売りたいけど女優にはなれない、中途半端な女たちの掃き溜めだと言う。いやいや、ブスな女も普通にいるけどね。あはは、と彼らの持論を笑う事が出来るうちは幸せだと思えるから、私はまだこの仕事を続けていくだろう。

「ただいまあ」

静かなリビングに、神秘的な音が響いていた。何だこりゃ？　と思って耳をすましていたら、キッチンの水道が規則的に水滴を落としているだけだと気づいて、取っ手をぐっと押し下げた。帰る時に外から見たら、ホクトの部屋の電気は点いていた。さりげなく村野さんの事を聞き出そうと思っていたのだけど、もしもまた消し忘れだったら気まずいし、明日でいいや。ため息をついて、冷蔵庫からビールを取り出すとソファに腰掛けた。間接照明だけで照らされた部屋は、どこかのバーのようだった。段ボール箱さえなければ完璧なんだけどなあ。もう衣替えだし、早く荷ほどきしなきゃなあ。そう思いながら、段ボールをつま先で蹴った。

「わああ……ぎゃー」

思わず身をすくめた。何？　何なの？　何なの今の声。私は段ボールの山を凝視して、何度かコツコツと叩いてみたけど、何も反応はなかった。ああ、近所のネコか。そう思ってまたソファに腰掛けると「ぎゃああ」という声が聞こえた。ああ、おかしい。村野さんに恋いこがれるあまり幻聴まで聞こえるようになってしまったのだろうか。どうしよう。もしかしたら頭がおかしくなってしまったのかもしれない。ああ、よくある話だよな。水商売の女が男に入れ込んで頭がおかしくなって、自殺未遂やら刃傷沙汰やら、って。もしかして私そんなに村野さんの事好きなの？　じゃあ明日まじで営業電話してみようかな。でもでも、やっぱ会社にはまずいよなあ。じゃあ、ホクトに携帯番号聞いてみよっかなあ。

教えてくれるかなあ。でもやっぱ、好きなんだから仕方ないよね。なんて、中学生の初恋まっただ中みたいな思いに浸っていると、ホクトの部屋からバタバタと音が聞こえた。このマンションは、とても壁が厚いはずなんだけどなあ。ちょっとやそっとの物音は通さないはずなんだけどなあ。ベッドから落ちたのかなあ。あまりに不審だと気づいた私は、ビールを飲み干してからホクトの部屋をゴンゴンとノックした。

「何？」

　という声が辛うじて聞こえた。しつこくドアをノックし続けるとドアが開いて、わずかな隙間からホクトが出てきた。あまりに怪しかった。大体、私がノックしても「何？」と聞く事なんて今まで一度もなかった。いつも、寝ていても律儀に出てきていたというのに。

「何？」

「何が？」

「あんた、何か隠してるでしょ？」

　ホクトはぶんぶんと手を振って、真っ青な顔をした。もしかして、幼女監禁でもしてんじゃねーの？　と思ったけど、ここで私がもっと突っ込んで聞いたら殺されんじゃねーの？　と思うほどの、せっぱ詰まった表情のホクトを見ていたらどうでも良くなった。

「隠してないのね？」

「ないです」

「何その敬語？」

「隠してない」

あっそう、そう言ってまた一本ビールを取り出し、リビングを出る時にホクトを振り返ると、気まずそうな顔をして私を見つめていた。

「……アヤ」

「何？」

「おやすみ」

私はそれに答えず、リビングのドアを閉めた。自分の部屋に入って、ホクトの身に何が起こったのか想像してみた。幼女監禁だとしたら、やっぱり捕まるんだろうなあ、とか、捕まったら、私も重要参考人として引っ張られるのかなあ、とかも、考えた。まあ「知らなかった」ですませばいいや、とも思った。どうやら、今日の私はひどく投げやりなようだ。村野さんに受け入れてもらえない事が影響しているのかどうかはわからないけど、どこにいても居心地が悪いような気がした。受け入れてもらえない、というのはおかしいだろうか。私はまだ村野さんに少しも心を開いていない。いやいや、私が心を開いた男なんて、今までいなかった。心を開きたいなんて思う男もいやしなかった。ここまで心を開かない男もいなかった。そして村野さんは私に心を開く隙を与えない。私が心を開き慣れてないだけなのだろうか。今まで心を開いてわかり合いたいとか思う奴らをあれだけ嫌悪していたのに、どうして今こんなにも自分を知ってもらいたいのだろう。ああ、どうしたらもうちょっと自然な笑顔を見せてくれるんだろう。どうしたらもうちょっと心を開いてくれるんだろう。どうしたらセックスしてくれるんだろう。裸になって迫ったら少しは興味を示してくれるんだろうか。いや、裸になっても無理っぽいな。あーあ、どうして私はこんなにバカなんだろう。そしてひどく欲情している。

ベッドに入って、村野さんのあの指を思い出しながらオナニーをした。彼の顔を思い出してしまうと、何となく恥ずかしかったから、指だけをオカズにした。三分と経たないうちに私はイッた。余韻に浸ったまま眠りにつきたい。そう思ったら急に眠くなった。よっぽど気疲れしたんだろう。私は下半身裸のまま目を閉じた。

「ぎゃああ」

村野さんとセックス出来たら、そうだな、指一本落としてもいいや。ああ、そりゃ言い過ぎかな。

「ぎあああ」

彼は、どんな人と付き合ってきたんだろう。ていうか、彼の子供時代とか、全然想像出来ないな。すっげーヤな子供だったんだろうな。いやいや、わかんないな。もしかしたら何かのきっかけがあってああいう人になったのかもしれないし。普通に、好きな人から電話が来てドキドキしたりとか、初めてのキスに喜んだり、初めてのセックスに感動したり、したんだろうか。うーん、全く想像出来ないや。何してもずっと無表情でいそうだよなあ。

「ひゃああー」

うーん、もう、何かどうでもいいや。過去とか、過去の女とか、心配とかよりも、とりあえず私は彼とヤりたいんだな。あーあ、普通にヤリ捨てとかされてもいいや。別に、付き合えとか、結婚！　とか、電話してとか、言わないよ。もう何も言わないからただセックスだけしてくれませんか、っつー話だな。

「あああああ」

ああヤリてえ。あの男がどんな表情でイクのかとか、どんな表情で責めるのかとか、私の興味はそんな事ばっかだよ。ああ、やっぱこりゃガンガンいくっきゃないな。思いっきり攻めるしかないな。よし。やっぱ携帯番号教えてもらおう。勢い良く起きあがってジャージに足を通すと、私は勇んで部屋を出た。

「ひい――」

ガンガンとドアを叩いても、何の反応もなく、「ホクトー？」と怒鳴ってもホクトは出てこなかった。クソ、と呟いてドアを蹴ると、やっと鍵が開く音がした。思い切りノブを引くとホクトが突っ立ったまま私を凝視していた。

「ぎゃあああー」

もの凄い音量に、驚いて目を丸くすると、ホクトは怯えたように笑った。

「何、それ」

「……親戚の、子供」

ベッドの上に寝転がるちっちゃな物体に、私の目は釘付けになった。それはうにゃうにゃと動いていて、丸裸だった。そして、目から大粒の涙を流している。

「おしめじゃないよ」

「え？」

「ミルクだよ」

　私の言葉に、ホクトは手を打ち「でも、ミルクないや」と呟いた。赤ん坊を預ける時に、粉ミルクを置いていかない親なんて、いるのだろうか。私はベッドに置いてあった赤ん坊のおしめをあて直し、服を着せた。頭に触れるとひな鳥の羽根のような柔らかな感触が、掌に広がった。

「ホクト、駅前のドラッグストア行ってきな。あそこ二十四時間でしょ」

「何買えばいいの？」

「ていうか、あなたは何を持ってるの？」

「……何も」

「粉ミルクとほ乳瓶と紙おむつと離乳食、を買ってきて」

　ホクトは粉ミルクとほ乳瓶と紙おむつと……と繰り返しながら慌てて部屋を出ていった。ふぎゃああ、と泣く赤ん坊を両手で抱き上げると、まるでアメーバを抱いているようだった。気を付けないと腕の隙間から落っこちてしまうんじゃないかと思うほど、うにゃうにゃと動いた。私のお乳をあげられればいいんだけどねえ。そう思いながらTシャツをまくし上げ、口を丸くしておっぱいを求める赤ん坊に乳房を差し出した。くいくいと乳首を吸い込む姿は恐ろしいほど、人間とは思えなかった。恐らく、生後半年がいいとこだろう。

ベッドに座って赤ん坊に乳首を吸われていると、さっき抜いたばかりなのに下半身が疼いた。赤ん坊を支えながら、右手でマンコをいじくると、粘っこい液がじゅくっと溢れた。赤ん坊がお乳の出ない乳首に痺れを切らして口から吐き出すと、私は赤ん坊をベッドの真ん中に寝かせてマンコに指を入れた。何だか最近、セックスしてないなあ。最後にしたの、一ヶ月くらい前かなあ。そりゃ、溜まるわ。っつー話だよな。ったくぎゃあぎゃあぎゃあぎゃあうるせえなあ。つーか、お前は一体どこのガキだよ。なんて考えているとエクスタシーが遠のいて、焦った。ホクトが帰ってくる前にイカないと、という気持ちでいっぱいになった。頭を空っぽにすると、そこは村野さんの映像で埋め尽くされ、私はすぐにイッた。こりゃ、中毒だな。そう思いながらティッシュを探していると、パソコンデスクの上に置きっぱなしの携帯が目に入った。やばい。村野さんの携帯番号を盗み見してしまう予感。とりあえずびちゃびちゃのマンコは放っておいて、そのままジャージをはくと携帯を開いた。そうだよね。ホクトに携帯番号聞き出してかけたなんつったら、ホクトが責められるかもしれないし、あ、でもどこで聞いたの？　って聞かれたらどうしよう。まあいいや。とりあえず、見るだけ。ホクトの携帯は私の携帯と同じメーカーだったから、すぐに検索出来た。検索しながら、私はすでに紙とペンを探していた。番号を書き留めると、すぐに携帯を閉じてさっきと同じように置いておいた。ジャージに紙切れを突っ込むと、軽い緊張で胸が高鳴っていた。何か、今の私ってかなり怖いな、と気づいて、ふっと笑った瞬間に、ホクトが帰ってきた。黙って部屋に入ってきたホクトは、赤ん坊を見つけると安心したように笑った。

「ミルク、作りな」

ホクトが素直にうなずいてキッチンに行くと、袋に入っていたせんべいのような赤ん坊用の菓子を細かく割って赤ん坊の口に押し込んでやった。赤ん坊はやっと泣きやみ、幸せそうな顔でくちゃくちゃとそれを食べた。よっぽど腹が減ってたんだろう。隣に寝転がってそれを見ていると、赤ん坊の匂いがした。甘ったるい、薄い体臭のような匂いが鼻をついた。こいつは今とっても幸せそうな顔でこのソフトせんべいを食ってるけど、本当に幸せなんだろうか。本当は、こんなどこの誰ともわからない男の部屋に連れて来られて、ものすごく迷惑してるんじゃないだろうか。「勘弁してくださいよ」とか思ってんじゃないだろうか。食べさせてる私に気を使って笑ってるだけなんじゃないだろうか。あー、何かマンコから汁が糸ひいてるよ。ていうかホクトの奴ティッシュどこ置いてんだよ。こんなベッドに赤ん坊置いてトイレ行くわけにいかないしなあ。さっさとミルク持って来いよバカ野郎。

「こんな、感じでいい？」

ホクトが持ってきたミルクは完璧だった。おいおいこりゃ人肌だよ、っつー熱さ。ほ乳瓶をくわえさせると、赤ん坊はさっきよりも幸せそうな顔で笑った。「仕方ねえな。温めてくれたんだしな」という思いがあるのだろうか。

「ホクトぉ、これはさあ、一体いつまで置いとくの？」

「これ？」

「このガキだよ」

「ああ、うん。まだ、わかんない」

「あんたの親戚は右も左もわからないあんたに赤ん坊を預けて夜逃げでもしたんかい？」

「色々、あるんだよ」

ああそうかい。私は言い捨てると立ち上がった。

「ねえアヤ、この子の面倒、見ててくれない？」

「何で私が」

「だって、この子一人で置いといたら危ないし、ご飯とか、あげなきゃいけないし」

「だから何で私がしなきゃなんねーんだよ。っつーの。お前が仕事休めよ」

ホクトはひどく憂鬱そうな顔で私を見つめた。「クソ野郎」そう呟くと部屋を出た。クソ、あのクソ野郎。どうして私があんな手間のかかる事に関しては超弩級の赤ん坊の世話をしなきゃなんねえんだ。あんな赤ん坊臭い赤ん坊に手を焼いていられるほど、私ぁ暇じゃねえんだよ。部屋に戻ると、すぐに紙切れを出して携帯に村野さんの番号を登録した。外は白み始めていて、私はとりあえずタバコに火を点けた。窓を開けると冷たい風が入ってきて、体中がその冷たさに反応する。寒い、寒い、寒い、という信号を吐き出す。だから何だっつーんだよ。だから何だよ。私に何しろっつーんだよ。窓を閉めろっつってんだよ。うるせえ。お前がタバコを吸いたがるからタバコを吸ってやってるんだよ。私はタバコなんて吸いたくないんだよ。ただお前が欲しがるから吸ってるだけなんだよ。わかってんのか? バカ野郎。窓を閉めたいんなら自分で閉めろボケ。お前が私に勝てるはずねえんだよ。どうしても寒くて仕方ないってんなら鳥肌でも立てて私が窓を閉めるのを待ってな。ガタガタ騒ぐとお前ごと殺しちまうぞ。殺すぞコラ。お前一人殺すぐらいわけねえんだぞクソ。お前をファックして殺しちまう事だって出来るんだぞ。膣にナイフを突っ込んで中をかき回す事だって出来るんだぞ。お前の腹に包丁を突き立てて臓腑を引きずり出す事だって出来るんだぞ。電車に轢かれて何もかもぐっちゃぐちゃに出来るんだぞ。お前なんかクソだクソ。お前が寒いって事が私の思考を一ミリたりとも動かす事はないって事だ。お前が死のうとお前が吐こうとお前が泣こうと私には関係のない事だ。私はお前を簡単に殺す事が出来る傍観者なんだぞ。もう、通り魔みたいなノリで簡単に殺してやるよ。「ムカついたから」って理由で殺してやる。お前なんかこの世にいらない。お前なんかただ私の思うように動いて私の食いたいモノを食ってればいいんだ。殺してやったらお前は笑うのか？　多分笑うんだろうな。私に殺されたらお前は笑うんだろう。お前が笑ってるのを見て私はもっと笑ってやるよ。何てったってお前は私なんだから。大体お前が生きてる事自体がとってもおかしい事なんだよ。だって私はいつだって殺せるのにお前は生きてる。今まで私の気が向かなかった事の方がおかしい。今までお前を殺そうと思えばいつだって殺す事が出来たわけで、二十二年間それが一度もなされなかったのはとってもラッキーな事なんだぞ。お前は今お前が生きてられる事を幸せに思え。バカ野郎。生きてるって事がどういう事なのかお前の舌っ足らずな思考で言ってみな。何黙ってんだよ。お前何もわかんねえんだろ。どうせお前は何もわかんねえんだよ。私がいなきゃ何も出来ないくせに。何鳥肌立てて窓を閉めろなんて言ってやがんだクソが。クソだクソ。お前なんかクソなんだから肥料にされて撒かれちまえ。お前の事みんなが臭いって思ってんぞ。クソはクソらしくクソしてればいいんだよクソ。きぇえー。私は叫んで昨日オレンジを食べた時に使った果物ナイフをつかんで左の内腿に突き立てた。私の肉体が反乱を起こした。一揆だ。あ、でも、精神が肉体を支配しているのだとしたら私は私の精神にも肉体にも反乱をおこされたって事になるのだろうか。どっちでもいい。ただ、今私は果物ナイフを抜いた方がいいのか、それとも突き刺したまま病院に行った方がいいのか、とても迷っている。いやいや、神経とかやられてたら歩けないだろ。っつーか、私大丈夫なのか？　一時の気の迷いでこんな事しちゃって、大丈夫なわけ？　うーん、大丈夫なわけないし。どうしよう。ホクトに救急車呼んでもらうのもちょっと、っつーかかなり間抜けだし、かと言って自分で救急車とかタクシー呼ぶのも間抜けだし。まあ、いいや。どうせ私はなにやったって間抜けなんだから。死ねやクソ、私はそう言うと果物ナイフを引き抜いた。勢い良く飛び出した血を顔面にくらって、私は面食らった。血を吐く傷口なんて、マンコみたいだ。嗚呼、マンコ誕生。なんて考えていたら、ベッドのシーツがどんどん赤くなっていった。ああ、いいね。とっても綺麗。この赤が私の体に流れていたなんて、想像出来ないよ。とっても綺麗だよ。私、血だけならこんなに綺麗なのに、どうして私はこんなに汚いんだろう。どうしてこんなに汚くてバカなんだろう。どうして私は数式が解けないのだろう。どうして私は古典が苦手なのだろう。どうして私は人の心が読めないのだろう。私を愛するモノなんて何もないと知ってしまった時、食欲や物欲や情欲や私に関する全てのモノが私を裏切ったような気がする。最初から裏切られてるのかもしれない。いや、裏切るも何も私は最初から誰にも求められてないし、誰からも求められてないし、誰からも求められてないのかもしれないし、本当は誰からも求められていないのかもしれない。お願いだから誰か求めてよ。誰でもいいからさ。でもやっぱちょっとオヤジは勘弁だけど。でも誰でもいいよ。本当に誰でもいい。誰でもいい。求めてよ。お願いだから、大丈夫なの？　って心配してよ。血を流す私を心配してよ。ナイフを突き刺す私を心配してよ。どんな心配でもいいから。どんな心配の仕方をしても構わないから。どんな言葉でもいいから、私にかけてよ。いいよ。わかったよ。もういいよ。精子でいいからかけてよ。私の顔面にぶっかけてよ。誰でもいいから誰か私を誰か愛してよ誰か愛してよ誰か求めてよ誰でもいいから。何も文句は言わないのよ。私が今までに文句を言った事がある？　あったなら悪かったわよ。ていうかあるわよ。私は文句しか言わないわよ。でも私はずっと求めてもらいたくて仕方なかったのよ。これからもきっとずっとどうしようもないのよ。そうよ私はどうしようもないの。どうしようもなく誰かを求めてるのよ。とにかく私を愛して欲しいの。他の誰でもない私をね。私だけよ。私だけ愛して欲しいの。私以外の誰かを愛するなんておかしい。私以外の誰を愛すっていうの？　私以外に愛する人がいるとするなら神だけよ。神と私以外は絶対に愛す価値のない人間だから。涙を流してしまってとても醜い私だけど、言わせてもらう。もういい。私はもう愛してもらわなくていい。もう愛さないでちょうだい。ていうか愛すな。愛されるなんて私には荷が重すぎる。私なんて愛されるに値しない。私なんていらない人間だし。別に愛さなくていい。求めなくていい。何も求めないでいい。私の事なんか求めなくていい。ただ、ただ私にほんの少しでもいいから興味を持ってちょうだい。私だけに、いや、私だけでなくていい。多くの興味を持つ事柄の中で私に、たった一ミリでもいいから、興味を持って欲しい。私は本当に、誰からも興味を持たれない人間みたいだから、とにかく誰でもいいから興味を持って。ただの興味でいいの。単なる興味でいいの。興味なんていくらでもあるでしょ。その一ミリを私にちょうだいって言ってるの。私だけじゃなくていいって言ってんの。何だっていいの。何だっていい。私に関する事なら何でもいい。私に関する事でいい。私に関する事に興味を持ってよ。私私って、とっても私私してしまって申し訳ないけどさ。私は私が大好きなんだよ。私以外の事に何も興味はないんだよ。申し訳ないけどさ、私は私って言葉が大好きなんだよ。ただ私が自分のゲル状態を確保するために私私言ってんだよ。それがないって事はつまり、生きてないっていうのと同じ事なんだから。

「うう」

私は唸って泣いていた。脚が痛いような、何か悲しいような、そんな気がした。

「ううー」

大きく唸ると、何となくスッキリした。そうだ。明日は誰かとセックスしよう。そう思った。


昼前に目が覚めた。血は乾いていて、バリバリとした感触が脚を覆っていた。もがくと、脚が鈍く痛んだ。ああ、きっと私はこの脚の痛みで目が覚めてしまったんだなあ。そりゃ起きるわな、という痛みに、私は顔をしかめた。シーツにこびりついた血が乾いて、赤黒くなっていた。脚がとても痛い。もっともっと、アメーバみたいに簡単な生き物だったらいいのに。そう思いながら、アメーバよりもずっと複雑な人間という体を無理矢理起こした。

「くっそーこのバカ女め」

　そう言って立ち上がると、また左脚が痛んだ。こりゃあ病院行かなきゃダメだな。痛みが、全身の毛を逆立てていた。リビングに出ると、世間では気持ちいいと言われる、いわゆる陽の光が私を照らした。クソ、と呟くと、ガスコンロの上で熱されている鍋が目に入った。中ではほ乳瓶が踊っていた。なんだ。やっぱホクト会社休んだんだ。ホクトの部屋に目をやると、ドアが軽く開いていたから、ひょっこりと隙間から顔を入れてみた。赤ん坊は昨日と同じく素っ裸でベッドに寝っ転がっていて、ホクトは赤ん坊の股ぐらに顔をうずめていた。私は音をたてないようにドアを元に戻し、自分の部屋に戻った。ホクトは一体何をしていたのだろう。ホクトは真性の変態なのだろうか。それともキリンの生まれ変わりなのだろうか。ホクトは、赤ん坊のマンコを舐めて性的興奮を感じるのだろうか。だとしたら気持ち悪い。でも、私も赤ん坊に乳首を吸われてオナニーしてしまったわけだから、人の事は言えないような気もする。昨日、おしめをあて直す時に見た赤ん坊の割れ目が、頭の中に蘇った。豊満な肉が窮屈そうに寄せられ、一本の筋を作っていた。

　裂け目、と言ってもいいのかもしれない。割れ目、よりは裂け目だ。マンコよりは、裂け目だ。マンコなんて下品だし、割れ目なんてすごく綺麗だ。裂けてるんだ。私たちは、裂けてる。いつもいつも、マンコを裂けさせて、いつも待っている。いつも、何かが入ってくるのを。そして祈っている。それが茄子とかキュウリでない事を。

ホクトはあれで興奮してイッてしまったのだろうか。あの赤ん坊のマンコを見ながらイッたのだろうか。あのマンコを舐めて興奮して、あれでイッてしまったのだろうか。吐き気がした。私はその吐き気と共にやってきた性的欲求をオナニーで満たした。どう考えても非人道的なホクトの行動が、私の欲求を大きく満たしてくれたような気がした。とても人間とは思えない行為だけど、私はとても人間になれたような気がした。バカみたい。死んじゃえばいいのに。そう思うと同時に、とても人間らしいとも思った。

「と――ってもカッコいいですよぉー」

ハゲオヤジのネクタイを褒めていると、左脚の傷が痛んだ。ミニでもギリギリ隠れる位置で良かった。そう思っていたら、オヤジが太腿に手を這わせた。おいおい、もうちょっと下にしてくれよ。私は軽く抵抗して笑った。ズキズキという、太腿の痛みがマンコに伝達して、私はひどく痛く、気持ちよかった。ああでも、ああでもそれ以上は、ちょっと痛いよおっさん。

「ああくそっ」

痛みのあまり声を上げた私を、オヤジは驚いたように見上げた。

「今ねえ、ちょっと怪我してるんですよお。それ以上は触っちゃダメー」

そう言ってスカートをグッと下げると、オヤジは「またまたー」なんて言いながらさりげなく肩を抱き、私の胸を触った。

医者は苦笑して私の傷を見ていた。自分でやったんですかあ？　という声が嘲笑まじりだったから、私は舌打ちしてから「そうなんですよー」と答えた。

「手首切るくらいだったらまだかわいいけどねえ、脚にナイフ突き刺すって君、ちょっとかわいくないよお」

彼氏と喧嘩でもしたのお？　と続ける医者に踵落としをくらわせたい気持ちを抑えつつ、私は診察を受けた。縫った方が綺麗に治る、と言う医者に、それだけは、と言って勘弁してもらった。自分の体に針で糸を通すなんて、考えられない。私は布じゃないし、お前はミシンじゃない。医者は渋々という感じで軽い処置をしたけど、これじゃいつまた傷が開くかもわからない、といつまでも文句を言い続けた。そして、出来るだけ安静に、という言葉を背に出勤した。

痛み止めと抗生物質を飲んだせいか、ただの睡眠不足か、ひどく眠かった。オヤジのネクタイは黄色のプッチ柄だ。見ていたら頭がクラクラしてきた。はっきり言って、何かきっかけがあれば倒れそうだ。ホクトに迎えに来てもらおうか、なんて考えも浮かんだけど、顔を見た瞬間に吐いてしまうかもしれないし、あの赤ん坊の世話で大変だろうし、と思うと電話をする気にはなれなかった。

「レナちゃん大丈夫？　何か、顔色悪すぎ」

控え室で休んでいると、マネージャーが心配そうにのぞき込んだ。ああ、この男はなんてポマード臭いんだ。くそ。

「ちょっと、今日もう帰っていいですか？　具合が、ちょっと」

「見ればわかるよ。じゃあどうする？　誰かに送らせようか？　それともタクシー呼ぶ？」

「うーん、じゃーあっくんに運転頼んでいーい？」

「はいはい。了解。じゃあすぐに車出させるから」

マネージャーはそう言って、慌てて控え室を出ていった。

「いーなあ。私なんか絶対にタクシー使わせてもらえませんよ？」

ロッカーにバッグをつめていたヤヨイが不満そうに言った。お前は整形してからものを言え。

「もうちょっと同伴がんばれば、タクシー使わせてくれるようになるんじゃない？　ていうか、私ほとんどタクシー使わないけど。何かタクシーって臭いし」

ヤヨイは「へえー」と首を傾げて言った。ヤヨイのバカっぽい顔を見ていたら、村野さんのように唇の端だけで笑っていた。

車に乗り込むと、あっくんは何度も何度も大丈夫なんですか？　と声をかけてきた。大丈夫だから。いいから、前見て。という私の声もあまり聞いていないようだった。

「あれ、あんたどこに向かってんの？」

「え？　マンションじゃないんですか？」

「ああ、今日はちょっと帰りたくない事情があってね。悪いんだけど、レインボーブリッジが見えるとこまで行ってくれない？」

「ああ、はい。どっか、ホテル取りますか？」

「取りません。あなたとは寝ません」

そう言うと、あっくんは「えー？」と言って苦虫を嚙みつぶしたような顔をした。あっくんとは二回だけ寝た事があった。うちのボーイはどうしてこうもバカばっかかねえ、なんてお局様たちが話している頃に入ってきたのがあっくんだった。あっくんは大学に通う、恐らくうちのボーイの中で一番頭が良くて可愛い男の子だ。彼が店に入ってからもう三ヶ月が経つ。あっくんを食いたがる女は何人もいたけど、いつも「彼女いるんで」という言葉で断られる、とみんな嘆いていた。一度彼女の写真を見せてもらったけど、とっても可愛い子だったから、彼が奴らのヤラせろコールに応えない気持ちも理解出来た。

「何か、あったんですか？」

　私は黙ったまま首を振った。

「何かあった顔してる」

　また首を振ると、あっくんは諦めたように少しだけ笑った。どうしてだろう。どうして私はこんなに落ち込んでいるんだろう。どうして太腿に果物ナイフを突き刺してしまったんだろう。どうしてこんなにも寂しいんだろう。たかが村野さん。たかが赤ん坊。たかが変態。今の私を悩ませているものなんてそう大したものじゃないのに、どうして私はこんなにも、ひどく嫌悪に包まれているのだろう。そして自分の目に映る何もかもに嫌悪している。嫌だ。何もかもが嫌だ。とっても嫌だ。ああ、何か私、神経症みたいだ。ひどく頭が弱っている。ああ、そういや昨日、誰かと寝ようと思ってたんだった。

「あっくん」

「何ですか？」

「やっぱセックスしよっか」

「どこにしますか？　ビジネスホテル？　ラブホテル？　うち来ます？　レナさん家行きます？」

「だからあ、帰りたくないっつってんでしょーが。カーセックスで」

あっくんはすごく不満そうだったけど、私がタバコに火を点けるとフロントガラスに向き直った。

人気のない道に車を停めると、私たちは抱き合った。シートをリクライニングさせると私はパンツだけ脱いだ。あっくんは中途半端にトランクスとスラックスを膝まで下ろして、挿入した。じっとりと湿っていたマンコはズブズブとチンコを中に埋めていった。足場が狭く、落ち着かないのか、あっくんは何度も私を押し上げた。ずりずりと上に上がっていくと、後部席に置いてあったあっくんのコートが目に入った。そういやあ、村野さんもこういう、ホスト御用達みたいなコート着てたな。

「あっくん、あのコート、カシミア？」

切れ切れに言う私を不思議そうに見て、あっくんはピストンしながら「うん」と苦しそうに言った。ああ、そう。私はコートを手にとって胸のあたりにかけた。温かくて、とっても手触りが良かったけど、あっくんの匂いがしたから、村野さんとヤッてる想像は出来なかった。あーあ、残念。そう思ってるうちに、私はイッた。あっくんはスカートをまくし上げてクリトリスをせわしなく擦ったけど、少し爪が当たって痛かった。もっかい、もっかい、そう思ってクリトリスに集中していると、またイッた。一度イクと、どうして二度目はこんなに早くイッてしまうんだろう。何か、もったいないなあ。

「イッていい？」

「いいよ」

「中に出していい？」

「だめ」

「じゃあどこに出せばいい？」

お前はガキかっつーの。

「口」

ロって、いやいやロって、この体勢じゃちょっと無理あるか。

「やっぱ太腿」

私がそう言い終わるや否や、あっくんはグッとチンコを抜いて太腿に射精した。偉い偉い、と頭を撫でるとあっくんは顔をしかめて私を見上げた。

「どうしたの？　脚」

あ、と思って起き上がると、見事に精液がガーゼを直撃していた。私はビリッとガーゼをはがすと窓から投げ捨てた。「うわっ」なんて言って傷痕を見つめるあっくんをどかして、ティッシュで残りの精液を拭うと、病院でもらった消毒液で太腿を濡らした。

「それ、思いっきり刺された痕じゃん。どうしたの？　もしかして、男にやられたの？」

「男、だったらいいんだけどね」

「じゃあ、女？　怨恨関係とか？」

「うーん、惨めだからこれ以上は言わない。あ、この傷のこと店の人には言わないでね」

あっくんが素直にうなずくのを確認して、私は少しだけ微笑んだ。少しだけ、現実に引き戻されたような、何となく落ち着いてきたような気がした。

「やっぱりホテルとか、行きませんか？」

あっくんがヤリ足りない、という顔で言った。

「ちょっと待って」

そう言ってバッグから携帯を取りだした。何人か電話してみて、誰も捕まらないようだったらあっくんとお泊まりしよう。とりあえず、男はもう食ったからナツコに電話しよっかなあ、なんて思いながら携帯を開いた瞬間に、携帯が着信した。ひゃ、と声を上げて、携帯を落としてしまった。大丈夫？　と携帯を取ってくれたあっくんの手の中で、村野さん、という名前が光っていた。

「やっ、ちょっ、マジで？」

慌てて携帯をひったくると、車を降りて通話ボタンを押した。どうしよう、まじで何で電話してくれてんの？　何なのっ？

「……はい」

「あ、レナさんですか？」

「ええ、はい、レナです」

「突然すみません、村野ですが」

「はい。わ、あ、え？　ああ、はい。村野さん、わかります」

わかってますが？　と言いかけて、まだ正式に携帯番号を教えてもらっていたわけでないと思い出した。

「あの、館山くんなんですけど」

「……ああ、ホクト、ですか？　彼が何か？」

「何か、今日無断欠勤してたみたいで。館山くん、電話しても出なくて。だから、失礼だとは思ったんですけど、レナさんに電話してみたんです。何か、聞いてませんか？　今朝とか」

今朝、という言葉で、ふっと気づいた。どうして、私たちが一緒に住んでる事を知ってるんだろう。いやいや、かなり誤解だよ。私たち寝たりとかしてないし。

「あの、私たち、一応、ルームシェアをしているんです」

「ええ。館山くんから聞いてます」

ああ、なんだ。ホクトが言ってたのか。でもでもやっぱ誤解してるよ。

「あの、別に、私たち付き合ってるとかそういうんじゃないんです。ただの、ルームシェアニストなんです。何もないんです」

「……はあ」

シェアニストとは言わないんだっけ、なんて考えながら、私は慌てて手を振った。あっくんが後ろからコートをかけてくれた。何だか、村野さんに温めてもらってるような、気がする。

「あの、だから、つまり、そういう関係じゃないんです」

「ええ。館山くんから聞いてます」

「そうなんですか？」

「はい」

ああ、どうしてこんなに話がかみ合わないんだろう。もっと、もっときちんと向かい合って話せば、もうちょっとかみ合うと思うんだけど。

「みんな心配してて。それで、どうしたのかと思って電話したんですけど」

村野さんが、少し困ったように言って、私はもっと困った。困んないでよ。私が困ってんだよ。もっとさ、私に興味持ってよ。

「あの、ちょっと飲みませんか？」

私の言葉は、ひどく不釣り合いだった。不似合いといった方がいいだろうか。この、私と村野さんの間に流れる空気の中で「飲みませんか」と誘う事は、ひどく不似合いに思えた。こんなに誘いづらい男は初めてだ。つーか、大抵みんな自分から誘ってくるし。私はひどくドキドキしながら村野さんの返事を待った。

「……ああ、いいですよ。店、行きましょうか？」

「違うんです。営業じゃないんです。ただ、外で、飲みませんか？　という、お誘いです」

「いいですよ」

いいですよ、と言いながら、じゃあどこどこで、とか何時に、とか自分から言い出さないこのしたたかさよ。どこがいいですか？　何時に来れますか？　と聞き出し、結局新宿に戻る事になった。会えるというのがとても嬉しい気持ちと、でも、この人と二人でちゃんと話が出来るんだろうか、という思いが入り交じって、あーなんか私大丈夫なのかな。あー、どうしよう。くっそー、こんな事ならあっくんとヤルんじゃなかったよ。マンコがチンコ臭かったらどうしよう。なんて考えながら、車に戻った。

「新宿に直行よ」

あっくんはふてくされたように「はいはい」と言ってサイドブレーキを外した。

「男？」

その言葉には鋭い刺があって、その言葉とあっくんとのギャップに、私は苦笑した。

「男ですけど」

「たまには、俺ともお泊まりしてよ」

「たまに、してるでしょ」

「たまに、かな」

「たまに、です」

あっくんは渋々という感じでうなずいて、チラッと私を見た。私はフロントガラスを見つめたまま、あっくんの視線をかわした。私は村野さんと何を話そう、という事ばかり考えていて、あっくんの気持ちまで気にしていられなかった。

私はやっぱりこの人が好きなんだ。絶対そうだ。だって、ちょっとでも気を許すと、ほんの少しでも気がゆるむと、「好きです」とか告白しちゃいそうだし。村野さんといると、私は一時も気をゆるめられない。もしかしたら私はいつもそうやって生きてきたのかもしれない。案外私は今、この狭く幸せな世界を堪能して、自己愛に浸っているだけかもしれない。とにかく私は今、村野さんに「好きです」もしくは「愛してます」と言わないよう、ガチガチになって乾杯をしている。とりあえず、酔っぱらってしまおうと思った。泥酔して、反応を見てみようと思った。ていうか、こうなったら飲み比べだ。こっちの目論見を知っているのかいないのか、村野さんはひどくゆったりとしたペースで水割りを飲んだ。外を眺めるふりをして窓ガラスに映っている村野さんを見て、ああやっぱ好きだあ、と思う。だって何しろもろ私の好みだし、細いし、不健康そうだし、手に血管浮き出てるし、何より指細いし、長いし。ああもう大好きだ。すげえ好きだ。言おうかな。いやいや、まだまずいか。あーもういい加減にしてくれよ。どんだけ私の心を乱せば気が済むんだよこの色男。

なんていう私の心とは裏腹に、いつも通り涼しい顔で飲み続ける彼を見ていたら、何だかひどく落ち込んでしまった。あーあ。何やってんだよ私は。ていうか、そういや村野さんはまずホクトを心配して電話してくれたんだよね。ああ、そんなこと木っ端微塵に忘れてたよ。

「あの、で、ホクトの事ですよね」

忘れていたように「ああ、そうでした」なんて言う村野さんを見て、ひどく嬉しくなった。もう、全部忘れて欲しい。全て、全て忘れて私だけを見て欲しい。ていうかもう、記憶喪失になっちまえ。記憶喪失になって、目覚めた瞬間に私がそばにいたら、親鳥だと勘違いしてくっついてきてくれるかもしれないし。ていうか、村野さんが目を覚ました瞬間に、私が彼女だよ？　って嘘をつこう。その嘘をつき通して結婚までこぎ着けてやる。その時にはホクトにも口裏合わせをしてもらおう。合わせてくれるかな、ああ、あの赤ん坊の事で脅迫すればいいか。

「風邪とか、ですか？」

「うーん、まあ、そんなもんですね。熱にうかされてる感じです」

ああ、じゃあ明日にでも見舞いに……なんて言う村野さんに、私は慌てて手を振った。

「大丈夫、ですよ。ほんと、別にホクトってしょっちゅう熱出してるし」

言った後に、しょっちゅう熱出してるなんて、かなり親密っぽくない？　と後悔した。しょっちゅう、ていうか、いつも、熱出してる、みたいな事言ってたんで、なんてグダグダと言い訳をしていると、村野さんは少しだけ笑った。いつもの冷笑だったけど、それでも何となく、少しだけ嬉しかった。ああなんだか、ちょっと悔しいよ。ホクトが羨ましいよ。だって、きっと村野さんは私が風邪をひいて店を何日休んでも、見舞いに行こうとは思ってくれないんだから。一日赤ん坊のために会社を休んだだけで、村野さんに心配してもらえるなんて、なんて幸せ者なんだ。私だって心配してもらいたいよ。でもやっぱり、私は彼に会わない方が良かったのかもしれない。もしかしたら、村野さんと知り合ってなかったら、ナイフを太腿に突き刺す事もなかったかもしれない。いやいや、そんな事よりも、今は村野さんに楽しいと思ってもらう方が大事だ。ていうか、この人は楽しい時どんな表情をするんだろう。無表情のままかもしれない。もしかしたら冷笑している時でもひどく楽しいのかもしれない。いやいや、彼は楽しいと感じる中枢を破壊されているのかもしれない。破壊されている？　誰に、だろう。強いて言うなら多分、彼の人生にだ。

無言のまま、しばらく私はグラスの中の氷がたてる音だけに耳をすませていた。村野さんと二人なら、無言のままでもいいような気がしてくる。それは、村野さんが無口だから、という理由だけではないような気がした。村野さんが何を考えているのか、彼の手や仕草や表情を見ているだけで、ほんの少しずつ彼の事を知っていっているような気になれるからかもしれない。でも、向こうからしたらいい迷惑かもな、そう思ったら何だか申し訳ないような気がして、私は軽く頭を下げた。不思議そうに、わずかな笑みと共にのぞき込む村野さんを食い尽くしてしまいたい衝動を辛うじて抑えた。その時の彼は、少しそれまでの彼とは違うような気がした。嫌味のない微笑みだった。もっとも、それは一瞬で消えてしまったんだけど。私は彼の表情に胸を高鳴らせ、涙を流しそうなほど感動していた。なんて可愛いんだろう。可愛い、ってか、何であんたはそこまで私の好みにジャストフィットするの、って感じ。

「どうしよう」

口に出して、自分で焦った。ああ、どうしよう。どうしよう、なんて言っちゃったよ。

「どう、しました？」

「どう、も、しないです」

やっぱ、村野さんとは、向かい合って話しても、あんまり話はかみ合わない。ああ、私がぎくしゃくしてるだけか。何だか恥ずかしくなって、外の夜景に目をやった。東京タワーが見えるよ、なんて考えながら心を静めた。ていうか、ホテルのカクテルラウンジに誘い出すなんて私もちょっとバカだよな。もうさ、好きです、とか言ってるようなもんじゃん。ああ、いや、そんな事もないか。

「どうして、一緒に暮らそうと思ったんですか？　館山くんと」

「あ、あの、引っ越しを考えてる時に、飲み会で再会して、偶然ホクトも部屋探してるって言うんで、じゃあちょっとルームシェアしてみよっか、みたいな事になったんですよ。

男の人とルームシェアすれば安全かな、とか思って。でも別に本当に、何もないんですよ。ほんと何か私って、ホクトの好みじゃないし」

あーすげえ何かわざとらしいなあ。ていうか、村野さんいつもホクトの話するけど、もしかしてホモなんじゃないの？　そんなオチだったらほんと落ち込むけど、その線もなくはないな。ていうかでも、共通の話題がホクトしかない、っていう状況でもあるしな。

「そうですか」

俺は好みだけど、とか、可愛いのに、とか、そういうフォローとかしないのかよ。もっとさ、何か私を持ち上げる気は全くないのかよ。ないんだろうなあ。あったらフォローしてくれてるっつー話だしな。あーあ、夜景が綺麗だなあ。私は何だか惨めだなあ。

「男と住んでて、彼氏とかは、怒らないんですか？」

よしきた、と声を上げてしまいそうになるのを抑えて、とりあえず一つ息を吐き出した。

「彼氏、いないんですよ。引っ越しするちょっと前に別れてからずっと」

「ああ、そうなんですか」

……で？　どうして別れたの？　とか、好きな人はいないの？　とか、じゃあ付き合わない？　とか、ないの？　ああ、ないんだ。そりゃ、そうだよね。村野さんだもんね。

「泊まりませんか？」

「え？」

「村野さんと寝たいんです」

「いいですけど」

けど何だよ。とか、突っ込む余裕はなかった。全くもって、上の空で言っていた。上の空で誘うなんて、私はよっぽど村野さんと寝たかったんだな。だってもうなんか、駆け引きとか、会話とか、読心とか、洗脳とか、もう面倒なんだもん。もうさ、何か話かみ合わないし、何か村野さん乗り気じゃないし、盛り上がらないし、もう誘うしかないじゃん。私から誘うしかないよもう。え、ていうかいいんだ。寝てもいいんだ。いいですけどって言ったよね。ああ、いいんだ。じゃあ、遠慮なくいただきますよ。え、ていうかいいの？

「いいんですか？」

「え？」

「だってほら、村野さん私の事嫌いでしょ？」

「嫌いじゃ、ないですよ。別に、好きじゃないですけど」

ああそう。そうなの。好きじゃないの。あそう。嫌いでしょ？　って言って嫌いと言われた事はないけど、好きじゃないと言われたのも初めてだ。でも私は好きだ。でもやっぱ、私は村野さんと寝るべきじゃないんだろう。嘘でも好きと言ってくれない男にせがんでセックスしてもらって、いい事なんてないよな。村野さんがヤッたとたんに私に惚れ込んで店に通ってくれるとは思えないし。いつか私を好きになってくれるはず、とかいう勘違いも出来ないしなあ。ああ、でもいいから、それでもいいからやっぱヤリたい。

「じゃあ、部屋取ってきましょうか？」

「いいんですか？」

「いいですよ」

村野さんはそう言ってソファから立ち上がった。ああ、今日初めて村野さんの優しさに触れた瞬間だ。ありがたいけど、でも、いいのかな。ほんとにいいんかい？　そう聞いたら、またいいですけど、って返されるんだろうなあ。

わあ、綺麗。なんて、少しだけはしゃいでみたけど、そんな言葉すごく嘘っぽくて、嘘っぽいとわかって言っているのを村野さんは多分わかってるんじゃないかなんてものすごく疑心暗鬼になった。何でも見透かしたような表情の彼を見ていると、とっても落ち着かない。落ち着かないし、ちょっとしたパニックになりそうになるし、気を付けていないとものすごく挙動不審になって、わけのわからない行動を起こしてしまいそうだった。

「綺麗ですね」

きっと彼は私の嘘っぽさを強調するために同意してるんだ。って、何かひどい被害妄想だ。でも、本当にそうかもしれない。だって、夜景なんて一瞥しかしてない。彼は真っ白なワイシャツを着ていて、凝視すると目がつぶれてしまいそうだった。

「このワイシャツ、襟首長いですね」

「ああ、これフランス製なんです。向こうの人、首長いから」

ボタンが三つも外れているせいで、だらしなく開いた白の隙間に、早く指を滑らせたくて、仕方なかった。ため息が出そうだ。ああ、出てしまう。あー、出る。は、と息を吐き出しかけた瞬間、ヴー、ヴー、といやらしい音が響いた。まさか彼がバイブを？　なわけないし。私が振り返らずに夜景を見ていると「出ていいですよ」と村野さんが興味なさげに言った。もっと、二人の時間を大事にしてよ。してよって、鳴ってるのは私の携帯だから、仕方ないか。ノロノロとバッグを開け、携帯を開いた。ホクトという名前を見て一瞬迷ったけど、村野さんが携帯を睨みつける私を不思議そうに見たから、仕方なく通話ボタンを押した。

「はい?」

「アヤ? ねえ、赤ん坊が泣き止まないんだよ」

「何したのよ?」

ひどく冷めた声に、自分でも驚いた。ホクトは一瞬絶句して、私は携帯を強く握りしめ、耳に押しつけた。

「何もしてない。何か、ずっと泣いてるんだよ。どうしたらいい?」

「ミルクは? おむつは? ご飯は?」

「全部違うんだよ」

「赤ん坊があんたにご飯とミルクとおしめ替え以外の何を求めるっていうの?」

「だって食べないし、飲まないし、おむつは濡れてないんだよ」

「じゃあホームシックじゃない?」

黙り込んだホクトを鼻で一笑して、電話を切った。もしかしたら風邪かもしれない。熱を出しているのかもしれない。切った瞬間にそう思ったけど、電話をかけてやろうとは思わなかった。振り返ると、村野さんは冷蔵庫の中のワインを物色していた。私が電話を切ったのに気づいて、村野さんも振り返った。

「どうしたんですか？」

「何、でも、ないです。友達が赤ん坊を預かってて、ぐずってるみたいで」

そうですか、と言いながらほんの少し不審そうな表情をする彼を見て、憂鬱になった。あんな受け答えをする女だと思われてるのが、悔しかった。男は、赤ん坊がぐずってる、と助けを求めてきた友達に「ホームシックじゃない？」なんて言う女、多分九割九分嫌いだ。私だって、そんな女嫌いだ。そんな女、女じゃない。あんな言い方をするのは場末のホステスか、幼児虐待のノイローゼババアくらいなもんだ。

「ワイン、飲みましょう」

そう言って彼に並んだ。グラスを用意していると、また携帯が鳴った。全く、いやらしい音だ。私はそのバイブ音を無視した。村野さんは、今度は何も言わなかった。バイブ音が鳴り続く中、私たちはとりあえずソファに移動して、軽く乾杯してから渋いワインを飲み始めた。一気にグラスを空にした瞬間、携帯は鳴りやんだ。会う前に電源を切っておけば良かった、と考えながらワインを注いだ。八分目までワインの入ったグラスは重く、持ち上げた瞬間少しだけグラついた。ホクトは一体何をしているんだろう。泣き続ける赤ん坊のケツの穴でも舐めてるんだろうか。赤ん坊の肌は弱いから、唾にかぶれて陰部全体が赤くなってたりして。ホクトはもう、あの赤ん坊のケツの穴に指ぐらい入れてるんだろうか。小指くらいなら、入りそうだ。そんな事したら、赤ん坊は泣きわめくんだろうなあ、なんて、バカバカしい想像を巡らせていたら、笑みがこぼれた。

「ん？」

村野さんは眉を上げて私を見た。村野さんを見ながら赤ん坊の、赤くただれた裂け目を想像していたら、マンコが疼いた。何で、マンコっていうのはこんなにも非道徳的なんだろう。多分、みんなが死んで世界にたった一人になったとしても、私はとりあえずオナニーをするだろうし、戦火に追われる事があったとしても、瓦礫に隠れてオナニーするだろう。そんな自分が大好きな時もあれば、大嫌いな時もある。

「触っていいですか？」

「いいですよ」

返事を確認してから、彼の手を取った。隣に座って体が触れ合う事よりも、この手に触れられる事が嬉しかった。異常なほど美しい手を撫でていると、ため息や涙やマン汁があふれ出そうになった。この手になら殺されてもいい。刺殺とか銃殺とかは嫌だ。この手で絞殺してくれるなら、いい。もちろん彼はそんな事望んでいないんだろうけど。そんな事を考えながら彼の指を触って、時折爪で皮膚をなぞった。爪を立てて引っ掻いてしまいたくなる気持ちを抑えた。両手で村野さんの左手を包み込んで愛撫していると、村野さんは苦笑して「こっちもいりますか？」と右手を差し出した。私は照れ笑いを浮かべながら右手を左手で受け取った。両手を触るのは、初めてだった。ひどく興奮したし、早くセックスをしたいとも思ったけど、その前にシャワーを浴びなきゃいけなかったのを思い出した。あっくんとセックスさえしてなかったら、このまま一網打尽に出来たのに。掌から甲から指先まで撫で回していると、セクハラしているような気分になった。もっともっと触っていたかったけど、村野さんに笑われたから、私も弱々しく笑って手を離した。それから大した言葉もなく、私たちはワインを空け、二本目のコルクを抜いた。大した言葉もないまま一時間が過ぎようとしていた。二本目は、ものすごく甘いワインだった。渋みがどうのブドウがどうのとか言ううんちく野郎は大嫌いだけど、そんなうんちくでもあったら話したいところだった。私は、甘いですね、なんて言いながらまた村野さんの手を触った。村野さんはそうですね、なんて言ってワインをあおったけど、ことごとく彼の言葉には熱がこもっていない。気持ちも、こもっていない。シャワー浴びてきます、そう言って私はワインを飲み干し、立ち上がった。レナさん、と名前を呼ばれ、私は手首を摑まれた。ソファに座り直すと、村野さんは空のグラスにワインを注ぎながら「もう少し飲みましょう」と言った。胸の奥がナイフで突き刺されたように痛かった。私は昨日脚にナイフを突き刺したから、今ならかなりリアルに突き刺された痛みを思い出せる。寸分違わぬその痛みに、私は少しだけ顔をしかめた。彼が意思表示してくれた事が嬉しい、そして、私はひどく痛い。蝶のように舞う、彼の手は、蜂のように私を刺す。手首を摑まれた瞬間、彼が本当に殺意を持っていてくれたらいいのにと切実に思った。ていうか、殺意を持ってくれているんじゃないか、と期待した。心臓がものすごい勢いで血を送り出している。心臓が血を流している。

「私、本名はアヤっていうんです」

自分自身を落ち着かせるために、静かに言った。

「そうなんですか。何か、イメージ違いますすね」

「呼ぶのは、どっちでもいいですよ」

そう言うと村野さんは困ったように笑った。村野さんは、次に私を呼ぶ時どっちの名前で呼ぶんだろう。どっちでもいいけど、早く名前を呼んでほしかった。ワインを飲むと、さっきより渋かった。渋みが沈殿していたのだろうか。飲み干すと、村野さんはまたワインを注いだ。心臓の激しい鼓動は一向に治まらず、体中がドクドクしていて、今にも自分が爆発してしまいそうだった。落ち着こう、と脚を組み直した瞬間に、ピリッという感触があった。

「あ」

私は熱く滲む液体に気づいて、声を上げた。

「どうかしました？」

スカートをギリギリまで上げると、村野さんはその血をじっと見つめた。スカートの裏地にも染みが出来ていた。

「これ、刺し傷ですよね」

何と答えていいのかわからず、とりあえずうなずいた。刺し傷、という言葉にマイナスイメージしかないのは何でだろう。おめでたい時に刺し合いをする制度とかがあればいいのに。

「深い、ですよね」

「深い、ですね」

村野さんは私の傷から流れた血を親指で拭った。体中がドクドクしていて、痛いのかどうかもよくわからない。村野さんは親指を舐め、ワインをテイスティングするように、味わっているようだった。

「美味しいんですか？」

村野さんは答えず、体勢を低くして私の傷口を舐めた。う、という呻きが漏れた。皮膚がピリピリと痛んで、奥の方がズキズキと響くように痛んだ。腹筋に力が入って、マンコもギュッと締まった。は、と短く息を吐くと、心臓が一瞬止まったような息苦しさに白目を剝きそうになった。村野さんは無言のまま、私の血や傷を舐め続けた。ていうか、村野さんSなの？　ていうか、私がMだと思ってるの？　Mっちゃ Mだけど、こんな傷作るようなプレイはあんまり好きじゃないよ。

「私、そんなMじゃ、ないです」

村野さんはやっと顔を上げて、私の背中に手を回すと赤く光る唇を押しつけてきた。目を瞑る瞬間に見た彼の姿は、私に死をもたらしてくれる白鳥のようだった。血の味がした。ワインの味もした。しまいにはどっちがどっちかわからなくなった。キスをしながら、村野さんは掌を傷痕に置いた。ピリピリと痛んだけど、手が温かいとも思った。舌にこびりついた血やワインの味を確かめながら、私は刺殺でもいいとすら思った。村野さんの指が私の傷をえぐるところを想像したら、全身が鳥肌を立てて感じた。爪で傷口を割って、昨日ナイフが私に入ってきたように、指が中に入ってきたら、私は泣くだろうか。痛みに声をあげて泣くだろうか。恍惚としているだろうか。私の中に入って内側から私をえぐってくれればいいのに。爪を果肉用スプーンみたいにギザギザに削って、その牙で内側からグチャグチャにしてくれればいいのに。その手で私を血と肉だけにしてくれればいいのに。傷口からはまだ血が流れ続けていて、村野さんの手との間がさらに熱くなった。手と脚の隙間から濃い血液が一筋垂れた。村野さんはスカートをまくし上げ、綺麗に血を舐めあげた。体中がズキズキして、私の中に大きなエネルギーがたぎっているような気がした。一気に放出したら発電でも出来そうなほどに。村野さんは今何を考えてるんだろう。いつもの事だけど、彼の考えている事を私は微塵も理解出来ない。

「私、村野さんの事が好きなんです」

何で告白してるんだろう。

「好きです」

何で繰り返してるんだろう。

「大好きなんです」

何で強調してるんだろう。村野さんといると自分まで理解不能になってしまうのだろうか。とにかく言いたくて仕方なくて、口に出していた。でも私はその言葉の返事を期待しているわけではない。実際に、村野さんが私の言葉に反応を示さず、黙ったまま傷を舐めていても、私はなぜか清々しい。好きです。好き。大好き。愛してる、かもしれない。次々にバカみたいな告白を繰り返すと、胸の鼓動がどんどんと落ち着いていった。体中から力が抜け、まったりとした気分になった。私の告白は、脳内麻薬みたいなもんなんだろうか。ひどく、そうひどく幸せだ。傷を舐められて、告白して、私は幸せ者だ。私たちに意思の疎通は全くないけれど、二人とも自己満足はしていると思う。二人ともしたい事をして、言いたい事を言って、自分勝手に今を堪能している、と思う。

ベッドに入ってからも村野さんは何度も傷を舐めた。血が出なくなっても、舐めていた。結局私は「シャワー」という言葉を言い出せず、あっくんと寝た事だけを後悔し続けた。村野さんはおざなりにマンコも舐めてくれたけど、私は気が気じゃなかった。村野さんは何も言わず、舐めていた。何だか今日はすっごく舐められてるな。そう思いながら舐められていた。入れて、と言うまで村野さんは舐め続け、結局マグロになってる自分に気づいた。冷凍して赤身、中トロ、大トロ、と解体して値段をつけてくれればいいのに。村野さんはやっと服を脱いで、私の顔の横に手をついて挿入した。充分に濡らされたマンコはズブズブとチンコを受け入れ、「すっげーユルい」とか思われてるかも、なんて不安がよぎった。もっとシマリが良くて、チンコが抜けないくらいのマンコだったらいいのに。脚をカエル型に持ち上げながら、村野さんはまた傷を指で押さえた。血に濡れても、その手は卑屈なほどに、優美な微笑みをたたえていた。ああ、痛い。気持ちいい。痛い痛い。気持ちいい。けど、痛い。やっぱ痛い。すごく痛い。ああ、痛い。痛い。よく見ると村野さんは親指を傷に食い込ませていた。一センチほど、傷口を割って親指が入っていた。私の天井が、崩壊を始めた。ああ、このまま私をえぐり殺して。もっと入れて。その穴こそが私の貴いマンコなんです。その美しい指を、もっと入れて、ピストンして。指をくわえた太腿はまた血を流し、私は喘ぎながら血を拭い、その指を差し出した。指を唾液で濡らす村野さんを見て、イッた。崩壊し、粉々になったコンクリートを見て気づく。私はコンクリート製だったんだ。気づくともう、指は私の心から抜けていた。噛んで欲しいと思ったけど、村野さんは噛んでくれなかった。ベタつく血といい、乾燥した空気といい、乾いた肌といい、粘りの強い愛液といい、私たちの性交にはみずみずしさの欠片もなく、砂漠でヤッているようだった。

「ワインが飲みたい」

村野さんは私の上体を起こし、チェストに置いておいたワインを取ってくれた。ボトルのままがぶ飲みすると、喉の痛みは一瞬和らいだ。ボトルから口を離すと、村野さんもワインを飲み、その間私は座位のままゆっくりとピストンしていた。ボトルを持つ村野さんの親指は血で汚れていた。村野さんは口に含んだワインを口移しで私に飲ませた。ワインはダラダラと唇の両端からこぼれたけど、私はそれを自分の血のように愛おしく感じた。村野さんは垂れたワインを私の肌という肌にすりつけた。好き、また告白して、さらに濡れた。こんな女、私が男だったら殴り倒しているだろうけど、私は今告白しなければならない。だって今日寝て朝起きたら、もう村野さんはそこにはいなくて、もう二度と会えないかもしれないのだから。むしろ次の瞬間には幽霊のように消えてしまうかもしれないのだから。

「好き。すごく好き。好きなの。大好きなの」

もっと、と付け加えると、村野さんは私の腰を摑んで激しく動かした。ああ、ああ、と喘いで、私はまたイク。ヤッてる時の人間って、いつもすごくバカっぽい。実際に私はひどくバカなんだけど。

「好き。好き」

　連呼していると、ボトルを渡された。飲みながら騎乗位になって、動いた。いい、好き、いい、いい、好き。動きながら、アルコールが全身に染みていくのを感じた。五臓六腑にワインが染みて、胸が痛んだ。好きなのに。こんなに好きなのに。そう言いたい気持ちも、なくはなかった。村野さんはことごとく私の告白を無視して、何度もため息をついた。ボトルをチェストに戻して膝を立てて動くと、血が太腿を伝った。私はまた血を拭って、その指を舐めてもらった。村野さんは正常位に戻って、私の太腿に射精した。あっくんと違って、村野さんは言わなくても太腿に出してくれた。イクよ、とかイッていい？　とかいう言葉もなかった。ただ、気が付いたら抜かれてたし、放出されていた。私は起きあがるとティッシュを脚に被せ、村野さんのチンコを舐めた。陰毛についた私の愛液まで舐め取った。最後の一滴まで搾り取ると、村野さんは少しだけ身を硬くして、私は口を離した。村野さんがベッドに寝そべると、精液を拭って、隣に横になった。村野さんは腕を伸ばして抱きしめてくれたけど、なぜか私は涙を流していた。肩を震わせる事もせず、ただ静かに泣く私を、村野さんはさらに強く抱きしめてくれたから、村野さんの胸に顔をうずめて泣いた。なりふり構わず、何もかも殴ってやりたかったけど、彼が好きだから思いとどまった。どうしようもなく好きなのに。こんなにも好きなのに。どうして私はこんなにも悲しくてどうしようもなく痛くてどうしようもない衝動を持て余してどうしようもなく好きなんだろう。涙が、彼の左腕に落ちて、私はそれを指で拭ったけど、彼の口元へは運ばなかった。彼を自分の物にするには、やっぱり殺してもらうしかないような気がした。

「その男はさあ、一体何者なのよ?」

ナツコは私が話す村野さんの像をなかなかつかめないらしく、ひどく腹立たしげに言った。何なの何なの? 何者なの? 絶対人間じゃないって。早く人間になりたーい、って言ってるよ絶対。そう言うナツコを見ていたら、少しだけ安心した。ナツコといる時、私はひどく人間らしい考えが出来る。

「だよねー。人間じゃないっつーか男じゃないっつーか、やっぱ人間じゃないよねー」

そう言うとナツコは深刻な顔つきでうなずいた。やばいよそんなんまじで意味わかんない。一体どうなってんの? インポとかじゃないんだよね、ヤッたんだもんね。じゃあホモとか。あ、ホモっていうかバイ? 両刀遣いってやつ? いやいや、どうだろ。もしかしたらその男、幽霊なんじゃない? あんた何か幻覚見てんじゃない? 一人でブツブツとそんな事を言うナッコを見ていたら、吹き出してしまった。もちろん、ナッコには傷を舐められた事やら、好きだと告白しまくった事は話していない。ただ、村野さんの普段の態度やセックスの仕方を話しただけだ。それだけでこんなに引いているんだから、よっぽど信じられない男なのだろう。

「で、良かったの？」

そう聞くナッコにうんうんとうなずいて、さらにナッコを唸らせた。どうなってんのよその男は一体何者なの？　セックス良くて、でも意味わかんないんでしょ？　わけわかんねえ。投げやりになっているナッコを見ていたら、私もわけがわからなくなってきた。ほんと、どうなってんだろうなあ。

朝、起きたらもう村野さんはいなかった。書き置きもなく、私はただ泣く事しか出来なかった。全部嘘だったらいいのに。とか、全部夢だったらいいのに。とか、全部私の妄想だったらいいのに。とか思った。しかしそれは、彼との昨日のセックスではなく、彼の存在自体の話だ。つまり彼が本当はこの世に存在しない人間であってくれたらいいのに、という話だ。あれだけ霊的な男だ、あり得ない事はない。でも、実際にそうだったら、私はまたひどく泣くんだろうけど、その方がいくらか幸せなんじゃないだろうか。そして私の見ているもの、そして私自身も妄想なのではないかという可能性を強く疑った。泣きながら二度寝をして、二度目に目覚めた時もまた村野さんがいないのを確認して泣いた。セックスしたという事実が、とっても嬉しいのに、悲しかった。そしてまだ告白し足りないとも思った。またいつか、彼に告白出来る日は来るのだろうか。その時きっと、村野さんはまた答えないのだろうけど、それでも全然構わないと思った。むしろ私はそれを望んでいるのかもしれない。

「そんな男、やめときなって」

ナツコはそう言って顔をしかめた。私は曖昧に言葉を濁したけど、うなずきはしなかった。ああ、そうだな。やっぱり、もう会わない方がいいんだろうな。どうせ、何度会っても村野さんと私の距離は縮まらないんだろうし、彼といて幸せになれる確率なんて一パーセントもないだろう。つまり、無駄だって言えちゃう関係って事か。そんなの私だって嫌だけど、言ってしまえば私は今すぐにでも彼に会いたい。今すぐ会いに行きたい。何とか理性があるからナツコを呼び出してカフェで昼飯を食べてるけど、いつこの理性はなくなるのだろう。でもきっと、どうせ私は最後の最後まで理性に縛られる人間なんだろうけど。私は、自分の太腿は刺すけど、人を刺した事はない。ある程度理性のある人間だという事だ。理性があろうがなかろうが、私は今自分自身があまり好きではないけども。

「まあ、適当にね」

そう言うと、ナツコもうんうんとうなずいた。ナツコも私も、適当が大好きだ。ま、適当に。そう言えば大抵の事は流せると思っている。でもそれは実際に流せるからだ。今の時代、適当でない事なんてそうそうない。冷たい風が吹き込んで、一つ身震いをしてストールを膝にかけた。もう十一月だし、こんなに冷えこんでいるというのに、どうしてこのカフェはまだオープンにしているのだろう。ストールで脚をくるむように太腿の下にまで押し込むと、脚が擦れて太腿が痛んだ。病院に行った方がいいのだろうけど、それはひどく面倒だ。

「でさあ、あんた館山くんとはうまくやってんの？」

「うまくって？」

「だからつまり、ちゃんとルームシェア出来てんの？　って事」

まあ、適当に、そう言うとナツコは笑った。適当に、赤ん坊の裂け目に顔をうずめるホクトを流してる、という意味なのだけど、当然ナツコはそこまで考えつかなかった。ああもう、出来れば帰りたくない。帰りたくないし、仕事もしたくないし、村野さん以外誰とも会いたくない。ほとぼりが冷めるまでホテル暮らしでもしようか。ああでもきっと、私は男の家を渡り歩くんだろうなあ、とも思った。

「あ、そうだ。トモコがあんたの事気にしてたよ」

「何で？」

即答するとナッコは不思議そうに首を傾げて「あんた途中で合コン抜けたでしょ？」と言った。ああ、そうだね、なんて何度もうなずいていると、ナツコは携帯を開いてモコの番号を表示させ、私に突きだした。

「何よ？」

「トモコがね、今度遊びたいって言っててさあ、番号教えといて、って言われたの」

私はその番号を登録すると、携帯をナツコに返した。何か知ってんじゃないかと疑ってしまうほど無関心なナツコを見ていたら、不安になった。オープンになっている方を見ると、曇った空とケヤキ並木が見えた。前の通りを走るセルシオも見えた。チッ、という私の舌打ちは、セルシオのエンジン音でかき消された。

村野さんと寝た次の日、ナツコと昼飯を食べ、二人でショッピングをしてから同伴出勤をして、朝方ナツコの部屋に帰った。ナツコは寝ぼけ眼で私を部屋に入れ、起きたらもういなかった。その日また同伴出勤をして、アフターの後シュンという元元彼の部屋に帰った。彼も寝ぼけ眼で私を部屋に入れ、セックスしてから爆睡した。起きたらやっぱり彼はいなかった。その日また同伴出勤をして、アフター兼合コンに出てからモコの部屋に行った。電話をした時彼女は寝ていたようだけど、笑顔で迎えてくれたし、パジャマ姿の彼女はとても可愛かった。一緒に寝たけど、性行為、というかマンコに指を突っ込んだりはしなかった。起きたら、モコはコタツに入ってテレビを見ていた。あれ、と思って頭を掻いていたら「朝ご飯作るね」と言ってモコはキッチンに向かった。ああそうか、今日は土曜日か、と思い出した。モコの作ったベーコンエッグとトーストを貪っていると、何だか子供に戻ったような気がして、吐きそうになった。モコは「うえっ」と言う私をニコニコしながら見つめた。

「どうか、した？」

「アヤちゃん、今恋してるんだってね」

「ナツコ？」

「うん。何かわけのわかんない男にハマってるって言ってた」

ああ、そう。呟いてから、適当にね、と付け足した。トーストに塗られたマーガリンが私の唇を濡らした。トーストはプレーンが一番好きなんだけど、モコが楽しそうに塗っていたから、黙っていた。

「もうセックスしたの？」

言われて、私は何となく母親を思いだしていた。私が初めて男と付き合い始めた頃、彼女は何度かそう聞いてきた事があった。その時どう答えたのかは覚えていないけど、ひどく鬱屈した気分になったのを覚えている。

「一応、しました」

「一応って、何？」

そう聞くモコは何だか、ひどく怖かった。母親はここまで突っ込んで聞いてきただろうか。思い出せないけど、そうだとしたらひどく病的だと思った。あ、はい、しました、そう答えるとモコはマーガリンで濡れた私の唇を舐めた。居酒屋のトイレでヤッた時のような興奮はなかったけど、それでも彼女に恥をかかせてはいけないと思った。モコを裸にさせると、私はベッドの上でひたすら彼女に奉仕した。これだけで済んでくれればいいのに。そう思ったけど、モコはイッた後私のマンコに指を突っ込んできた。私の中にものすごい拒否反応が起きたけど、じっと耐えていた。うまく喘げず、うまく感じられず、うまく濡れず、イクまでにひどく時間がかかった。途中で何度も「もういい」と言いかけたけど、そこまでの勇気はなかった。イッた後、私は服を着ると食べかけだったトーストを食べ始めた。シュンとヤッた時もそうだったけど、村野さんとヤッてからどうも私は性行為を楽しめない。早く、早く、早く、早く、終わって、そう願い続けるだけだ。

「アヤちゃん、今日予定あるの？」

仕事、と言いかけて、モコは私をOLだと思っているんだと思い出した。別に、キャバをやってる事がバレて困る事なんてないけど、何となく「夕方から、友達と」なんて嘘が口をついて出た。モコは「そうなの」と寂しそうに言って、ベッドに寝ころんだ。可愛いんだけど、やっぱり私にはレズの血は流れていないんだと思った。村野さんと寝たい、と、強く思った。あれから四日経って、私はやっと自分の悲しい程の欲に気づいた。やっぱり私はどんなに不毛であっても村野さんとずっと一緒にいたいのだと。あの夜の事を思い出すたび、泣きたくなる。そして私は、生きている事をも思い出す。

モコは「また来てね」と言ったけど、私はその日出勤して、アフターもせずにあっくんとホテルに泊まった。もしかしたらモコは、今私が村野さんに会いたいように、私に会いたがってるんじゃないかなんて思ったけど、思い上がりだろうと考えるのをやめた。あっくんとは二回セックスをした。二人して爆睡していて、チェックアウト時間にも間に合わなかった。その後あっくんの部屋に行ってまたセックスしていたら、突然彼女が乱入してきて、3Pになるかと思いきやなぜか私が引っぱたかれた。やり返す事も出来ず、服を着て部屋を出た。泣き崩れる彼女を後目に、私まで涙が出そうになった。彼女にもあっくんにも、これっぽっちも感情移入してないくせに、私はただただ自分自身が可哀想で泣きたかった。私は、こんな時まで自分の事しか考えられない。彼女がどれだけ辛いのかなんて考えられない。いや、考えたところで関係ないし、自分がそうなったとしても泣かないだろうと、思うのだろう。もしも村野さんが誰か他の女を抱いているところを見たら私は嫉妬するのだろうか。私には想像力が足りないのだろうか、いくら考えてもわからなかった。でも実際に、私は彼とセックスしていた時、自分自身にすら嫉妬していた。厳密に言えば、自分の肉体に、かもしれない。肉体はつながっているのに、精神の絡みが短く希薄であった事への、嫉妬かもしれない。でも、それでも彼が私の肉体を求めていたわけではないという事を考えると、同情に近い気持ちすら生まれる。

あっくんの部屋から駅までの道を歩いていると、携帯が鳴った。村野さん、という名前を見て、私は軽くパニックを起こしながら通話ボタンを押した。

「もしもーし」

「こんにちは。この間はすみませんでした。先に帰っちゃって」

「あ、いいんです。私、爆睡してたし」

そうですか、と村野さんが返してから、二、三秒の沈黙があって、私は本格的に頭が痛くなってきた。

「館山くんなんですけど、どうしてます？」

「あ、あの私、村野さんと会った日から、帰ってないんです。ずっと友達の所に泊まってて。まだ、休んでるんですか？」

「そうなんです。携帯もつながらなくて、ちょっと、これ以上休むとまずいかもしれないので、帰ったら、とりあえず連絡をくれと伝えてもらえませんか？」

「ああ、はい。わかりました」

またホクトの事かよ。という思いもあった。でも、今はそれよりも伝えたい気持ちが多すぎてちょっと何を言っていいのかわからなくなっている事が問題だった。そうこうしているうちに沈黙が流れ、私はさらなるパニックに陥って、何を言おうかと考えを巡らせているうちに沈黙は長引き、とりあえず大きく深呼吸をした。

「今度、また飲みましょう」

社交辞令、もしくはこの沈黙を埋めるため、とわかっていても、私は舞い上がった。

「絶対ですよ」

本気で言ったのに、私の言葉はひどく接客業じみているような気がした。

「じゃあ、十二月に入ったら、仕事が一段落すると思うんで、また電話します」

具体的な言葉を口にする村野さんに、私は驚いていた。そのうち、やら、今度、とかいう言葉で流されるだろうと思っていただけに、嬉しくて鼓動が速くなった。好きです、と言いたかったけど「楽しみにしてます」とだけ言った。

「はい。じゃあ、十二月に入ったら」

私たちは「じゃあ、また」と言い合って電話を切った。切ってすぐに携帯のカレンダーを見た。十二月まで、あと八日だ。長くない。短くもない。微妙な長さだ。それでも生きるカテが見つかった事に私は高揚していた。浮かれていた、と言ってもいいかもしれない。ひどく幸せで、胸が高鳴って、その場で野垂れ死にしそうだった。

駅の券売機の前で、頭を抱えた。どこに行こう。どこに行って、誰の世話になろう。しかし私はマンションに帰ろうと決意する。別に、私が悪い事をしたわけじゃないと思い出して、急に心の中で態度がでかくなった。私が悪い事をしたわけじゃないし、ホクトだって悪い事をしたわけじゃない。ただ私は何となく家を空けていただけだ。ホクトにどこに行ってたのかと聞かれたら「誘拐されてた」と言ってやろう。

久々に帰ったマンションのエントランスで、チラシが溜まっている郵便受けを見た。ホクトが赤ん坊と共に死んでいるような、気がした。そんな妄想をしながら、エレベーターに乗り込んだ。顔がニヤついて仕方なかった。部屋の鍵は開いていた。懐かしい、生活の匂いがした。最後にこの部屋にいた時が、かつて、と言いたくなるほど昔のような気がして、自分は本当にここに住んでいたのだろうか、とすら思った。リビングに入ると、ホクトの部屋のドアから光が漏れているのに気づいた。村野さんに心配かけて、何やってんだよ。そんな気持ちもあったし、赤ん坊をどこまで汚したのかと言葉責めをしてやりたい気持ちもあった。ノブを回すと鍵はかかっておらず、手応えなくドアは開いた。ベッドに置かれた赤ん坊の裂け目を舐めているホクトを見て、私はタイムスリップしたのかと思った。

「何してるの？」

冷たく言った。作ったような私の声に、ホクトは目だけを動かしてこっちを見た。

「濡れてるんだよ」

「あんたの唾液でしょ」

「違うよ。中から出てくるんだよ」

「泣いてるよ」

「喘いでるんだよ」

あ、そうなんだ、へえ、そう呟いて、ドアを戻した。閉じる寸前に、ホクトは顔を上げて私を見つめた。

「きっと、すごく気持ちいいんだよ」

そう、と呟いてホクトを睨みつけると、泣きたくなった。おぎゃあ、ぎゃあ、びえ、おぎゃ、赤ん坊は泣きながら亀のようにのたくたと手足をバタつかせ、ホクトの頭を蹴ったりもした。あの足がフェラガモのレザーブーツを履いていて、もっと激しくホクトを蹴ったなら、ホクトを殺せるのに。そう思った。お前がホクトを殺したなら私も死体遺棄を手伝うのに。とも思った。赤ん坊はただ、スローな動きでバタつくだけだった。ホクトがその短い足をつかみ、トランクスから出したチンコを擦りつけると、赤ん坊はさらに大きな声で泣いた。痛いのだろうか。気持ちいいのだろうか、と思案していると「お願いだ。私を殺してくれ」という声が聞こえた。私は殺さないよ。絶対に、何があっても殺さない。自分が大事だし、赤ん坊は大事じゃないから。私は殺さない。私でさえ、まだ村野さんに殺してもらってないんだ。お前は私より、一日でもいいから長生きしてくれ。殺してなんか、やるもんか。とりあえず、お前はきっとホクトのチンコをくわえ込むまで死ねないよ。くわえ込んだとしても、そう簡単には殺してもらえないよ。殺してもらおうだなんてガキのくせに生意気だ。何だったら自殺してみろってんだよ。バカめ。私は赤ん坊を見やり、ニッコリと笑った。

「骨が当たるの？」

「……わからない。とにかく、固いんだ」

「固いわけないでしょ。そんなの肉の塊でしょ」

弾かれたように激しく泣きわめく赤ん坊を見て、ホクトは目を見開いた。

「可愛いの？」

私はニコニコしながら聞いた。

「可愛くない」

「おぎあああ」

ああ入れたい入れたい入れたい入れたい、という声を聞いていたら、入ればいいのに、とか入ったらいいのに、とか思った。もっともっと、喉が涸れるまで泣かせてやればいいのに、もっともっと赤ん坊の裂け目を傷つけてやればいいのに、むしろ切り裂いて無理矢理チンコを入れてしまえばいいのに、それで出血死した赤ん坊の腹にナイフを突き立てて、その穴にチンコを突っ込んで内臓に精子をぶちまけてしまえばいいのに、口の中にチンコを突っ込んでピストンした挙げ句に赤ん坊を窒息死させてしまえばいいのに、喉まで突っ込んで、吐かせてやればいいのに、どうせ歯は生えてないんだから。どうせこいつは警察に駆け込んだり、告訴したり出来ないんだから。それに死んだとしても、こいつはガタイが小さいから死体遺棄は楽だろう。もちろんそうなったとしても、私は一つも手伝う気はないけども。私はいつも私中心だから、ホクトの事に深入りする気はないし、今の私は村野さんの事でいっぱいだ。私には関係ない。ホクトは許しを乞うような目を私に向けた。

「入れればいいじゃない」

ホクトは腰を動かしながら、私の言葉を聞いているのかいないのか、チンコと裂け目をじっくり見つめた。

「入るよ」

「ぎああ」

「ダメだ」

ホクトはそう言い残して、イッった。これだけ興奮すると、擦りつけているだけでイケるらしい。ドロドロと濁った精子で濡れた赤ん坊の一本筋が見えた瞬間、ドアを閉めた。自分の部屋に入って、コートを脱いでバッグを放り投げるとスカートをまくし上げてパンツを下ろした。オナニーしていると、あっくんの彼女の顔が頭に浮かんだ。その後、村野さんの顔が浮かんだ。やめてよ、殴って、刺して、殺して。殺して。殺れ。私の息の根を止めてよ。殺してよ。殺して。殺してくれればいいのに。殺してってば。殺しませんか？殺してくれませんか？　私を、殺してはくれませんか？　殺してください。いいから。私の事なんて殺していいから。私の体だけが本当なんだから。私の体だけを殺してくれれば、私はあなたの中で生きられるような気がするの。あなたが忘れたとしてもね。私は。きっと。あなたの中。で。生き。続け。る。あ、という間抜けな言葉を発して、私は痙攣した。そしてもしも私を殺してくれたら、あなたは私の中でずっと生き続ける。笑いながら、ティッシュでマンコを拭った。愛液で濡れたティッシュに唾を吐きかけて、太腿の傷口にこびりついた血も拭き取った。好きです、そう呟くと、マンコが一粒涙をこぼした。あんたも悲しいんだ。私だって悲しいよ。私は涙を流した。垂れ流しにしていると、自分がひどく惨めな人間になったような気がした。元々そうだったのかもしれないけども。元々惨めだったのかもしれないけど。元々人間なんて惨めなものなのかもしれないけど。元々世界自体が悲惨なのかもしれないけど。元々何もかも無駄なのかもしれないけど。元々それを前提とした世界なのかもしれないけど。元々それを前提としてみんな笑ってやってるだけかもしれないけど。元々なくてはならないものではないと知った上での世界なのかもしれないけど。元々だったらどうして生きてるのかなんて考えない事を前提とした世界なのかもしれないけど。元々じゃあ生きますと考えた人でなくても生きていられる世界なのかもしれないけど。元々じゃあ生きますという人間なんてバカばっかりという事が前提の世界なのかもしれないけど。元々じゃあ死にますという人間も実はバカでどっちにしてもバカだって存在自体がバカだってみんなが知ってるという事が前提の世界かもしれないけど。ホクトの親戚だという、あんな小さな物体でも、息をして心臓が血を送り出して薄い髪の毛を気にしながら生きている。人間はすごい。みんなすごい。みんながすごい故にすごくも何ともない。本当はすごいのに。本当はもっとすごいのに。でも私は普通だ。誰もかれも普通だ。人は幸せを求めなくても幸せなのだから、たまったもんじゃない。誰もかれも、みんな幸せだ。勘弁してくれよ、と思う程に幸せだ。自分が幸せだと思わない人間が一番幸せだ。本当に、どうにかしてくれよ。おぎあ、消え入りそうな声が聞こえた。ホクトはあれを大音量で聞いているのだろう。よく耐えられるものだ。私があの赤ん坊と二時間も一緒にいたら、もしくは部屋の壁がもう少し薄かったら、すでに私は彼女を撲殺しているだろう。撲殺して、ラグビーのように、ポーンと弧を描くように窓から蹴り飛ばしているだろう。とにかく点を入れるために、必死で蹴るだろう。そして蹴ったボールがあのゴールポストを通り抜けるのを見て、私は額の汗を拭うのだろう。爽やかに笑って、親指を立ててみせたりもするかもしれない。爽やかになるくらいだったら死んだ方がましだけど。今すぐ村野さんに電話をかけて好きだと連呼したかったけど、私は自分のバカさ加減を思い出してベッドに横になった。村野さんの事ばかり、思い出す事小一時間。ドアが叩かれた。ホクトかな。ああ、ホクト以外に誰もいないか。赤ん坊が私に助けを求めてくるとは考えられない。

「何？」

無愛想に言ってドアを少しだけ開けると勢い良くホクトが入ってきた。裸のホクトを見て、私は引いたし、何かイカ臭かったし、はっきり言ってヤリたくないと思った。軽蔑の眼差しに気づいたのか、ホクトは私をベッドに押し倒してスカートの中に手を入れた。両頰に手を当てて「ぎゃあー」と赤ん坊のように悲鳴を上げると、ホクトは指を入れた。いいんだけどさ。別にいいんだよ。あんたとヤルのは構わないよだけどもしもそれが村野さんにバレたりしたら私としては最悪なんだよ。きっと村野さんは私とホクトがヤッたと言ったところで何とも思わないんだろうけど、だけど私はとっても嫌なんだよ。村野さんが好きなんだから。

「殺すぞてめえ」

すごんでみたし何度も引っぱたいたし脚をバタつかせたけど、ホクトはあっさりとマンコにチンコを突っ込んだ。私に欲情してるわけじゃないくせに。変態のくせに。お前なんか死んじゃえばいいのに。哀れむように言いながら枕元に手を伸ばした。まだ血がついたままの果物ナイフをつかむとピストンしているホクトに刃先を向けた。

「刺すわよ」

ホクトが薄目を開けてため息を漏らしたのを確認してから、ナイフをホクトの太腿に突き立てた。グス、という感触があって、ナイフは四センチほど太腿に埋まった。ああ、もしも村野さんがこのホクトの傷痕を見るような事があったら、私の刺し傷と関係があるんじゃないかと思うだろうか。だとしたらすごく嫌だ。彼がホクトと寝る事よりも、私がホクトとセックスしたという事よりも、そんな勘ぐりをされる方がよっぽど嫌だ。ホクトなんて全く関係なくて、村野さんのために刺し傷を作ったと言いたいくらいだ。嘘だけど、もしも嘘かと聞かれたら絶対に嘘じゃないと言い張るだろう。それくらい、私は村野さんが好きだ。ホクトはしばらくピストンしていたけど、次第にカエルのジャンプのような動きになり、しまいにはチンコを抜いてナイフの周りを押さえた。ああ良かった。イカなかったから、ギリギリセーフだな。そう思いながらティッシュでマンコを拭いた。

「これ、抜いていいの？」

「抜かなきゃパンツもはけないでしょ？　裸で病院行くつもり？」

「でも抜いたら血とか出るんでしょ？」

「出ないわよ」

「どうして言い切れるんだ」

「だって私も刺したもの」

私は太腿を見せた。ホクトは恐る恐るナイフの柄を持ち、うう、なんて言いながらゆっくりと銀色の刃を引き抜いた。勢い良く血が流れた。私の時よりも、おとなしい出血だ。

「うそつき」

憎々しげに言うホクトの太腿に、タオルを押しつけた。どんどん血を含んでいくタオルを当てたまま、私はホクトの股間を舐めた。イカ臭い。色っぽいため息をつくホクトを見上げて、口を離した。立ち上がってホクトに踵落としをくらわせ、ナイフの柄で頭を二度殴ると部屋を出た。リビングでビールを飲んでいたら、赤ん坊の声が聞こえた。まだ泣いている。お前なんかベッドから落ちて作為的に置かれたベッドの下の豆腐に頭打って死ねばいいんだ。どうして私はこんなにも傍観者なのに、どうしてこんなにもひどい目に遭うんだろう。悲劇のヒロイン気取ってビールを飲みながら泣いていたら、ホクトが足を引きずって部屋から出てきた。

「あ、死ななかったんだ」

そう言うとホクトは笑った。

「俺さあ、もう会社クビになるかもしれない」

ホクトは自分もビールを開け、グビグビと喉を鳴らした後そう言った。あそう、と答えるとホクトはひどく落ち込んだ顔をしてうつむいた。

「借金してでも家賃と生活費は払ってもらうからね」

「ああ、じゃあ仕事クビになる前にカード作っておいた方がいいね」

当たり前でしょ、さっさと作ってきなさいよ、あんたまだ試用期間中なんだからあっという間にクビになるわよ。そう言って冷蔵庫から焼酎を出した。瓶のまま飲むと、喉が熱くなって、ため息がこぼれた。

「あんた貯金とかしてないの？」

「五十万くらいしか、ないよ」

「じゃあさっさとサラ金回ってきな」

「その前に、病院行って来ていい？　何か、もしかしたら神経やられてるかもしんない」

「大げさだってんだよおめーはよぉ。そんな深く刺してねーよ」

「だって、何か変な感覚なんだよ。触ると熱いのに、冷たい感じがするんだよ」

「その穴に突っ込んでオナニーでもしてろよ」

そう言って笑うと、ホクトも笑った。何なら、カップオナドルのように十字に切れ込みを入れてやった方が良かっただろうか。ああ何だか、十字に切れ込みを入れるって、とても痛そうだ。流しの脇に置かれているほ乳瓶に伝う水滴が垂れて、それを見た私はあの赤ん坊の生きる意味を考えた。ないのに。そんなのないのに。どうしてあの子は乳瓶にかぶりつき、必死に生きようとするのだろう。どうして必死に、チンコを拒むのだろう。そしてどうして、やはり生きるのだろう。お前は今の自分の状況をわかってんのか？　と問いたい。何か、生まれたから、なんて言葉では済まされないほどに、お前の生は矛盾してるんだぞ、と言いたい。そう言ったところで、彼女は生きるんだろうけど。そしてそんな彼女の本能や意思などとは全く関係なしに、私やホクトは彼女の生を縮める目論見ばかりするのだろうけど。虚無の中に意味があるなんて、私たちは思えないから。その点で私たちは、彼女よりもずっと弱い。脆いし、愚かだ。でもだから何って事も、ないんだけど。私たちは、泣きたくなるほど弱い。弱いものを傷つけるほどに弱い。だからって、私たちはきっと自分のため以外には泣かないし、傷つけ続けるんだろうけど。

その日ホクトは保険証片手に病院へ行き、その足でサラ金三社のカードを作って来た。解雇される前に限度額まで借りるんだよ、と釘をさし、マンションを出た。どーんぺりぺりどんぺりにょん、なんて口ずさみながらホームで電車を待っていると、中学生らしき女の子たちがギャーギャーと騒ぎながら階段を上ってきた。サングラス越しに見ていると、その中の一人が私を見て友達に耳打ちをした。彼女たちはジロジロと私を見つめ、何かを話していた。マンコがイカ臭そう、とか言われてるような気がしたから、私はタバコを彼女らに向かってはじき飛ばした。ジャストな位置にいた女の子がさっとよけ、私は舌打ちをした。彼女らに背を向けてホームの端っこまで歩くと、まもなく電車が来るというアナウンスが流れた。電車に乗り込むと、次の駅で座席の端っこを取った私の脇に、ベビーカーを押す母親が立った。今にもその赤ん坊が泣き始めるんじゃないかと、私は気が気じゃなかった。赤ん坊は、ホクトの親戚の子供なんかよりずっとおとなしくてスヤスヤと眠っていたけど、私は落ち着かなかった。くそ、何もかも嫌な事ばかりだ。こんな事ならあっくんに迎えに来てもらえば良かった。ああ、彼は彼女と修羅場なんだっけ。バッグから鏡を出して自分を映すと、巻き毛に濃いメイクの顔が映り、そしてそんな派手やかな小細工とは別に、老衰した表情の自分がいた。顔の真ん前に鏡を持ち上げ、ニッコリ微笑むと、それでも私は普通の二十二歳に見えた。だからこそ、生きるのは難しいのかもしれない。

　出勤したら、あっくんは休みだった。彼女に睨まれて、泣きそうな顔のあっくんを思い出したけど、あれとは関係ないと思った。多分、風邪だ。じゃなかったら下痢だ。アフターの気分じゃなかった私は二人のオヤジの誘いを断り、あっくんの次に運転がうまいリョウくんに送ってもらう事にした。リョウくんと寝たけど、大してうまいとも気持ちいいとも思わなかった。ヤッてる間ずっと、こいつが村野さんだったらと思いながら腰を振っていた。村野さんの顔が浮かんでいる間はとても良かったけど、リョウくんが大きな声で喘ぐせいでその想像も続かなかった。エンジンを止めていたせいで、私の足はひどく冷たく、リョウくんにしがみついていないと震えが止まらなかった。そんな事すらも数時間経てば忘れてしまうようなセックスだった。むしろあれはセックスとは言えないのかもしれない。ていうか、セックスじゃない。強いて言うなら、ファックとか。マンションに帰ったけど、出来るだけホクトの顔を見たくなくて、部屋に入る前にキッチンから六本パックの缶ビールを持ってきておいた。ビールを飲み続けていると、赤ん坊の泣き声がかすかに聞こえた。ああ、あいつはまだ生きてるんだ。こんな生きる価値が微塵もない世界で、生きてるんだ。可哀想に、ともおめでたい奴だ、とも思った。

月初めに行われる恒例の儀式が今日も幕を開けた。先月の同伴ナンバーワンはレナちゃーん。マネージャーが勢い込んで言った。指名の方は、ナンバースリー。この店では、不動のベストスリーが出来上がりつつある。一位は三十のババアのくせに母性的な雰囲気と整形で客を取り続けてるナナさんで、二位が二十八の天然キャラのユミさん。二十八で天然も何もねーだろ、と思ってしまう私は、歳にうるさすぎるだろうか。で、私がここ半年ずっとナンバースリーをキープしている。ていうか、六割方の客がこのナンバースリーを指名するから、他の子はあまり闘争心など持たないようだ。新規の客が来てもやる気など感じられない接客ばかりする。まあ、指名トップなんて取りたくもないから、このくらいの位置で私は満足してるんだけど。もちろん、高みを目指す心意気は持っていたいと思うけども、私は負け犬根性でここまでのし上がってきた人間だから、このくらいまで来れば基本的にはもう満足だ。まあ第一に、あんなババア二人を抜こうが抜くまいが、自尊心は揺るがないだろうし、ただでさえ陰口を叩かれまくっているというのに、抜いてさらにグチグチと嫌味を言われるのも面倒だ。私は、今自分が持っている必要最低限の物だけで充分だ。それ以上の物を持つという事は、それらにまつわる責任を負うという事だから、荷が重すぎるとも思う。責任感という言葉ほど、私に不釣り合いな言葉はない。そんな物に縛られるくらいだったら、死んでもいいかもしれない。むしろ、死にたい。むしろ殺してくれればいいと思う。誰でもいい。私を殺せる人間なら誰でも。でももしも可能なら、出来るだけ村野さんに殺されたい。いや、本当のところ村野さんにしか殺して欲しくない。でも、おばあちゃんが遺言で謙虚に生きろと言っていたから、これじゃなきゃ嫌だとかいれう事柄の意見は、言わない。私はいつもこういう曖昧な事ばかり考えるし、言うし、それ故に私は曖昧にしか生きられない。

十二月に入ってから、私は村野さんが言った「十二月に入ったら」という言葉を頭の中で反芻しながら毎日毎日何度も携帯を開いては閉じたけど、電話は来ない。まだ、まだ十二月に入って三日しか経ってないんだから。自分にそう言い聞かせたけど、恋する女というのはここまで執念深いものかと自分でも驚くほど、携帯ばかり見ている。起きている時間で、接客している時以外、私は大抵メイクをしているか携帯をいじっている。メールアドレスを知らないという事がこんなにももどかしい事だとは思わなかった。いや、もしかしたら私はアドレスを知っていたところでメールなんて出来なかったのかもしれないけど。まず、何て入れていいのかわからない。しかも、もしメールを入れて返信が来なかったりしたら、もう二度とメールを入れられない。そして村野さんを忘れられるまで、毎日携帯を見つめて生き続けるのだろう。何て、私は何て若いのだろう。こんなにも人を求める事は今までなかったし、一生ないと思っていた。自分は、気持ちをきちんと抑制出来る人間だと思っていた。電話をしていない時点で出来ているとも言えるけど、だけど私は泣きそうだ。むしろここで諦めるために、泣きに入る準備だって出来ている。しかし泣かずに、待っている。これが私の性分なのかもしれない。そして完璧に諦めがつくまで、私は何度携帯を開くのだろう。好きです。好きなんです。好きなんですけど。どうにかしてください。呟いたら、頭の中でエコーがかかった。この空虚感はどこまで続くのだろうか。そしてどこまで惨めな思いをすれば村野さんを諦められるのだろうか。ジクジクと痛がゆい太腿を引っ掻くと、血が出た。爪が肉に食い込む感覚があった。そのまま肉をちぎって生で食ってしまいたい気持ちを抑えつつ、私は爪の間に入り込んだ血を舐めた。また赤ん坊の泣き声が聞こえて思わず振り返ると、全身鏡に映る、口元を血で濡らした自分がいた。ぎゃあ、小さく声を上げて、少しだけ泣くと、私はベッドに入った。一人の男に翻弄されるだけの何でもない日々は、何でもなく、ただ何となく過ぎて、ただ何となく私は少しずつ老けていく。


「ちょっときしょーい。何なの？　ちょー痩せたし」

「きしょいって言うなよ。色々と事情があるんだよ」

「あんたそれ尋常じゃないってば。何かあったの？」

「彼からの電話待ってたらうまい具合に痩せました」

「彼ってのはこないだ言ってたわけわかんない男？」

「そう。彼。もう二週間近く、彼から電話がないの」

「ないってあんた、だったらかければいいじゃない」

「十二月に入ったら電話するって言われたんだもん」

「あんた今日何日だと思ってんの？　まだ六日よ？」

「だってでも十二月に入ったら、って言ってたのよ」

「忙しいんじゃないのー？　ていうか病的だよアヤ」

「何かさ、彼の顔思い出すと食欲なくなるんだよね」

「そのままだとあんた死ぬよ？　いやほんとまじで」

「このまま元旦まで電話来なかったら死ぬかもねー」

ほんとあーたそりゃあひどすぎるってば。絶対年越し前に死ぬってば。そう言って大げさに顔を曇らせるナツコを見ていたら、少しだけ食欲が湧いた。水を一口飲んでから、パスタをフォークに巻き付けた。ベーコンがカリカリで、ひどく美味しそうに見えたけど、口の中に入れても味はよくわからなかった。酒の飲み過ぎだろうか。最近喉が涸れて、食べ物の味がよくわからない。勢い込んで食べていたら、ナツコが私の顔をしげしげと眺めて「あんたもあんただけど、彼も何様のつもりなんだよなあ」と言った。ああ、何様のつもりなんだろう、そう考えた瞬間、手の中のフォークに巻き付くパスタが粘土のように見えた。私は皿にフォークを投げ出すとナプキンで口元を拭った。彼の事を考えてるうちはまだいいのだけど、彼の顔を思い出すとめっきり食欲が失せる。今朝、体重計に乗ったら三十キロ台に落ちていた。ベスト体重が四十三だから、さすがに少し痩せすぎてしまっている。しかもここ一週間ほどで一気に落ちたから、スタミナがなくなっているのをよく実感する。

「でもさあ、いいダイエットだよね。やっぱ恋愛すると女って綺麗になるのかなあ」

「いやいや、あんた綺麗じゃないから。病的だってば。まあアヤがまともに一人の男を好きになるなんて世も末だとは思ってたけどさあ。こんなになるとは思わなかったよ。ていうか、いい加減に現実見ろよー。言い寄ってくる金持ちとかヤリ友とか、いっぱいいるんだから無理してそんな男に入れ込む事ないじゃん。分相応、てやつ、知ってる？　彼がもったいないんじゃないよ？　そんなわけわかんない男にアヤはもったいないっつってんの。玉の輿乗るもよし、普通に付き合うもよし、もっと楽な恋愛しなよ」

「らくなれんあい、は、し飽きたのかもね」

だからってさあ、ナツコはそう言って首を捻った。ナツコはランチ中に三つのたとえ話を持ち出して村野さんを諦めるよう説得したけど、わけのわからないたとえ話だったし、私はうんうんとうなずくだけで心は少しも動かなかった。

「あー、んで、館山くんは？　どうしてる？」

ああ、その話題も触れて欲しくないんだけどなあ。適当に、と言ってやり過ごすと、ナツコは少しだけ怪訝そうな顔をした。ホクトは、一昨日解雇された。一方的に、封書で解雇通知が来た。金は四日前に限度額まで借りさせたから、ギリギリセーフだった。百五十万と紙おむつを持って帰ってきたホクトに、「きええ」と言いながら跳び蹴りをくらわせたけど、ホクトはすぐに立ち上がり、黙ったまま万札を十枚抜き出し「今月の分」と言った。うぃーす、と言って受け取ると、ホクトは段ボール箱に入った赤ん坊のおむつを替えるため部屋に入った。ホクトが買い物や何かで部屋にいない時、赤ん坊は段ボールに入れられるシステムになった。ティッシュやトイレットペーパー用の、大きめの段ボールだ。一度だけその中に入っている赤ん坊を見たけど、捨て子にしか見えなかった。中からはきっと、白い天井しか見えないのだろう。赤ん坊の気持ちを考えたけど、ここはまるで、牢獄のようだ、というセリフくらいしか思い浮かばなかった。犬用の柵とか買ってくればいいのに、そう思いながらみすぼらしい段ボールハウスを見つめた。そこから二歩後ずさると中の赤ん坊は見えなくなった。ホクトは金を持って帰ってきたけど、赤ん坊の養育費と生活費を考えたら、すぐになくなってしまうだろう。雪だるま式のシャッキングになったら、ホクトはどんな仕事をして、どんな人間になっていくのだろう。そう考えたら少しだけ愉快になった。

「何か、好きな子が出来たみたい」

そう言うとナツコはまじで？　と言ってはしゃいだ後、どんな子なのかとしつこく聞いてきた。私は言ってしまった言葉を後悔しながら「よく知らないけど」と返した。知らない。私はホクトの事すらよく知らない、というかほとんど知らない。知りたくもない。

その後、ナツコは合コンで知り合った男とデートだと言うから、私は一人でカフェに残り、久々の休みをどう過ごそうかと考えた。村野さんの事ばかり考えるのもいい加減疲れてきたし、一週間も電話を待たせる村野さんに腹を立ててもいた。何かをしないと、そう思いながら携帯を開き、不在着信がない事を確認した。ため息をついてから電話帳をスクロールさせ、適当な男を物色する、っていう行為もいい加減飽きた。村野さんからの電話を意識しないために、何人の男と何度寝た事だろう。しかも、村野さんの事を思い出さないセックスは一つもなかった。いつ誰とどこでヤッていても、村野さんの顔ばかり思い出していた。彼とのセックスを、私は一つも忘れられない。ヤリながら太腿の傷をいじったりもした。それでも最後の瞬間に必ず現実を思い出すのだった。あー、今私がヤッてるのは村野さんじゃなくてこいつなんだあ、と薄目を開けて確認した。それでイクのが遅くなったりもしたけど、でもやっぱりイケる私は案外タフだとも思った。コーヒーを二杯飲んでから、何をするか決めないままカフェを出た。いつもの癖で新宿までの切符を買おうとしている事に気づいて、肩をすくめた。最初の頃は手頃な仕事が見つかるまで、と思っていたけど、いつの間にかあの店で働く自分にも慣れてきたようだ。ふと、ホクトがホストになったら、と考えた。それはそれで面白いかもしれない。それくらい不釣り合いな方が、滑稽で、見ていて面白いだろう。もしもホクトがあのままシャッキングになっていったら、上客のヤクザに紹介してヤクの売人にでもなってもらおう、そんな事を考えたら笑みがこぼれた。

珍しく楽しい気分でマンションに帰った私は、エントランス前に佇む村野さんを発見する。会いに来てくれたの？　そんな勘違いをしたかったけど、だったら電話してくれてるはずだ、とも思った。大きな声で名前を呼ぶと、村野さんは振り返り、軽く会釈してから少し恥ずかしそうに微笑み、ゆったりとエントランスの階段を下りた。コートがふわりと空気を含み、そのまま羽ばたいていってしまいそうだった。足をもつれさせそうになりながら、私はブーツを鳴らして村野さんに駆け寄った。

「どうしたんですか？」

「いや、館山くんの様子を見に。何かもう、解雇されちゃったみたいで」

「……お久しぶりです」

「え、ああ、久しぶりです」

「とても久しぶりですね」

「ああ、そうだ、すみません。ずっと連絡しようと思ってたんですけど、忙しくて」

そうなんですか、と言いながらこらえきれないほどの胸の高揚に腹を立てた。どうして、どうしてこんなにも私を待たせていた男に会ってどうしてこんなに嬉しいんだ。くそ、これが彼じゃなかったらなぶり殺したいところなのに。

「何か、インターホン鳴らしても反応ないんですけど」

「ああ、留守だと思います」

「そうですか。何か他に仕事始めたりしたんですか？」

「ああ、まだみたいですよ。好きです」

「じゃあ、遊びにでも行ってるんですかね」

「好きです。ああ、そうじゃないですか？」

「待ってたりしたら、迷惑ですかね？」

「好きなんですけど、もしかしたら今日は帰って来ないかもしれないし、あの、とりあえずどっかご飯でも食べに行きませんか？」

本当は今すぐ部屋に上げてセックスしたかったけど、ホクトがいないとしても赤ん坊はいるだろうし、ホクトがいて、あの狂人ぶりを見せつけられても引くだろうし、どっちにしても部屋には上げられない。くそ、こんな事ならホクトとルームシェアなんてするんじゃなかった。男を連れ込めない部屋なんて部屋じゃない。物置だ。赤ん坊の段ボールハウスの方がまだましかもしれない。

私たちはイタリアンの店に入って、ビールを飲みながらパスタをつついた。昼間もパスタだったけど、この辺で感じが良くて美味しい店はここくらいしかなかったから、仕方ない。

「今日はお休み、ですか？」

「ええ、休みです」

「休みの日もスーツなんですね」

「何か、もう私服とか面倒で」

「好きです」

「買いに行く暇もあんまりないし」

「好きです。じゃあ、今度暇が出来たら一緒に買い物行きましょうよ」

「ああ、そうですね」

「好きです」

「はあ」

沈黙が出来て、私は一気にビールを流し込んだ。沈黙はたくさんあるのだけど、伝えたい事とか言いたい事とか聞きたい事とかがいっぱいありすぎて、頭が破裂してしまいそうだった。休みなのに、どうして私に電話をする前にホクトに会いに来るのか、とか責めたい気持ちもなくはなかったけど、それに関してはもう目を瞑ろうと思った。

「あ、好きです」

「ああ、はい」

こんなやり取りが何度かあって、私は何となく満足した。もうこのままずっと沈黙が続いてもいいような気さえした。ホクトは一体、何をしているんだろう。今「赤ん坊を連れて旅に出ます」という電話をくれたらギリギリ許してやれるのに。旅に出るんだったらキッチンに置いてある粉ミルクとほ乳瓶は捨てていってくれとこんなにも祈っているのに、ホクトからの蒸発の知らせはいつになったら来るのだろう。ああ寝たい。すげえ寝たい。こんなに彼と寝たいのに、部屋に連れ込む事が出来ないだなんて、存在意義を全面的に否定された気分だ。一番近いホテルってどこだっけ。とか考えながらタバスコを手に取ると、私はなぜかその手をカルボナーラにかざしていた。ていうか、あれ？　私、何にタバスコかけようとしてたんだっけ、ああ、村野さんがポモドーロを食べているのを見て突発的に取ってしまっただけか。まあいいや、と思ってぶんぶんタバスコを振りかけると、白いソースは手応えなく透き通った赤色を受け止めていった。満足いくまで振りかけるとタバスコのフタを閉め、スプーンでソースを混ぜた。濁ったピンク色が広がり、つんと酸っぱい匂いが鼻をついた。

「それ、何か綺麗ですね」

村野さんはそう言ってカルボナーラを指さした。その一言でああかけて良かった、と思ったし、綺麗ですね、という言葉が自分に向けられたものだと一瞬のうちに妄想して束の間のエクスタシーを感じられた。彼といる時、私はとても幸せだ。その幸せは、不幸や狂気に直結しているのだけど、それでも私は彼と一緒にいたい。出来る事ならここを出た後も。出来る事なら明日の朝まで。出来る事なら一週間くらい。出来る事なら次の世紀まで。そして出来る事ならその一緒にいる時間の中で私を殺して欲しい。とても、前向きな心持ちなのをわかってほしい。死にたいと思う事は、あなたを私の中に所有したいというとても健康的な欲望から生まれる欲求なのだから。どこも、どこにもマイナスな気持ちは入っていないのだから。とても前向きなポジティブシンキングだと、わかってほしい。いわば私は、積極的な死を求めている。

「好きです」

「はあ」

やる気のない返事を聞いてから、とっても、と付け加えた。こういう事を言われ続けるのって、重荷になったりするんだろうか。だったらとても申し訳ないけど、私が待った約二週間分の気持ちを伝えるには好きですと言い続けるしかなかった。いくら言ってもそれでも私は言い続けるのだろうけど。タバスコ風味のカルボナーラは案外美味しかった。美味しいですよ、食べますか、と言ったけど、村野さんは結構ですとバイバイするように手を振った。好きです、と呟いて私はスプーンとフォークを皿に置いた。ビールでパスタの甘みを押し流すと、苦みだけが残った。ビールおかわり、そう言うと、店員が、喜んでラッセイラー、と景気のいい声で返した。ラッセイラって何だったっけ、と考えあぐねているると、村野さんが「ああ、ねぶたですね」と言った。私の考えている事がわかるのだろうか、なんて思いながらまじまじと見つめると、村野さんは眉を上げて私を見返した。

「ラッセイラの事です」

「青森ですよね」

「ええ」

「好きです」

「はあ」

いつまでも、私たちの間の空間には異次元のような違和感があって、もっと近づきたいと思う私の欲望をうまく突き放している。いつまで経っても、私はこれ以上村野さんに近づけないだろうと諦め半分だけど、諦めたとしても、それでも私は彼に固執するのだろう。果たして、私は今までこんなにも何者かに対して固執した事があるだろうか。恐らく一度もないだろう。大体、人に固執する事自体なかった。人間関係なんて、なすがまま、垂れ流しでいいと思っていた。自らの意思で人との関係を変えたり距離を縮めたりするなんて、横暴だとも思ってたし、そんな事に興味などなかった。そんな事より私は、自分がどれだけ心地よい人生を送れるかというもっともっと壮大な課題を持っていた。今の私は、限りなく器が小さい。背広の内ポケットから携帯を半分ほど出して、時間を確認する村野さんを見てこんなにも胸を痛めている。

「後、ありますか？」

「いえ、大丈夫です」

本当は何かあるんじゃないか、と勘ぐって、ここを出たら次に誘っていいものかと考えるものの、考えても彼の気持ちは微塵もわからないからとりあえず誘ってみようと思った。

「この後、どこか行きませんか？」

「いいですよ」

簡潔な言葉で、わかりやすい返事で、とてもあっさりしていて、いい。そして店を出るまでに私たちは好きです、はあ、と何度言い合っただろう。合いの手みたいなもんに、なっているような気もする。あうんの呼吸などというものは私たちにはないけれど、間を埋める言葉があるというのはいい事だ。間を埋める、いや違う。だって私は毎回毎回本気で好きだという気持ちを伝えようと必死になっているのだから。間を埋めるなんて言葉で片づけたくない。まあ、村野さんにとってはその程度のものなんだろうけど。

店を出た後、私たちは駅前のバーに行って不味い酒ばかりを飲んでいた。どうせ私の舌なんて微妙な味とかわかんないからいいけど。でもどうしても許せなくて、この、グラスの縁に塩つけけんのやめてくんない？　と言うとバーテンはひどく申し訳なさそうに謝って、うつむいた。拭き取って飲んでるの見て察してよ、そう言うと彼はさらにうつむいた。村野さんはそんな私を見て、また笑顔を作った。悪酔いしているのだろうか。ひどく頭が痛くて、これをどうにかするにはセックスか自殺かくらいのせっぱ詰まった状況に陥っていた。

「村野さんは、何かこう、抑えきれない感情とか、持つ事ってないんですか？」

「ないですね」

ああそう。じゃあわかんないね。私が今こんなにセックスしたくてイライラしてるって事も、あなたからの電話を待ち続けて今日明日にはもう息絶えそうだった事も、こんなにも好きで、仕方なく好きです好きですと連呼している事も、村野さんには理解出来ないだろうね。どうせ私は弱い人間だよ。好きで好きで仕方なかったら好きですって言うしかない単純明快な人間だよ。今すぐにでも泣き出して殺してくださいと土下座したいくらい弱いよ。でもしないよ。だって引かれるのが嫌だから。だってあなたはきっと私を殺したいと思っていないから。ああ、もしかしたら好きですと言うのを止めたら、私は殺してくださいと口走ってしまうんじゃないだろうか。

「こ、ころ……し」

「え？」

「くだ、さい」

「え？」

「何でもないです」

ああ、でも好きですって言うよりずっと緊張する。愛してます、とか言うのと同じくらい緊張する。私が殺してくださいとまともに言える日は来るのだろうか。拒否されるのをわかってて言うには、度胸がいる。私に、そんな度胸はない。でも、愛してください、と言うよりはずっと楽だと思った。まあ愛してくださいと言ったところで絶対に愛してくれないだろうけど。それでも私にとって殺してくださいと言うのは愛してくださいと言うのと同義語のようなものだから、とても恥ずかしいのだろう。そして村野さんが何と返すのか、ドキドキしながら返事を待つのだろう。村野さんの事だから、はあ、と言ってまた流すのかもしれないけど。いや、ていうかもう流してくれていいから殺してくれと言いたい。はあ、ってやる気ない感じで流していいから、殺してくれと言いたい。まあ絶対に、村野さんは私を殺してくれないんだろうけど。絶対、私を殺さない。殺さない。そんな事を考えていたら、涙が出た。殺してよ。そう思いながら、涙を流した。村野さんは涙を流す私をひどく冷静な目で見つめていた。彼が何を考えているのかわかったら、もう少し楽だったかもしれない。もう少し辛かったかもしれない。どっちであっても、私はそんなに幸せではないとは思った。私は泣きながら、村野さんの胸に額を押し当てた。そんな事が出来たからかもしれないけど、今私は結構、いや、かなり幸せだと思った。私は村野さんの手を触りながら、大きく深呼吸をした。

「生じゃない」

「え？」

「村野さんは、何だか、生臭くない」

「生臭い人って、いるんですか？」

「生き物の臭いがしないんです」

「そうですか。じゃあ、死んでいるのかも」

「多分、死んでいるんですよ」

「そうですか」

「好きなんですけどね」

「へえ」

涙を拭って、ため息をついて、顔を上げた。

「どこか、泊まりませんか」

そう言うと、自分がとても幸せに思えた。こんな事を言えるくらい近くにいる事がとても幸せに思えた。だから、村野さんがどう返そうと私はそれを受け止める心意気はあった。嫌です、とも、いいです、とも、結構です、とも、はあ、とも言われる覚悟は出来ていた。

「じゃあ、うちに来ますか？」

いいの？　と言いながらタメ口を使ってしまって申し訳ないと思った。

「いいですよ」

いいですけど、じゃなくて、いいですよ、と言ってくれた。もしかしたら、私はもう少しくらい心を開いてもいいのかもしれない。私からもっと心を開けば、村野さんはもっと心を開いてくれるのかもしれない。もっと、何ていうか親しみを持って接しても、いいのかもしれない。

「すみません、うち、近いのに。ちょっと汚くしてて」

「ああ、うちも汚いですけど」

「気にしません」

即答すると村野さんは苦笑した。彼の横顔を見ていたら、また泣きそうになった。ああ、この人顔色とか最悪だな。ちゃんと食ってんのかな。寝てんのかな。飲み過ぎかな。どうしてこんなに不健康そうなんだろう。白い、っつーか青いっつーか、ほんと今にも倒れそうだな。という私の思いとは裏腹に、彼はとてもしっかりとした動作でタバコを吸う。手が震えたり、灰を落としたりしそうなものなのに、彼はとても丁寧な動作でタバコを吸いきった。煙になって消えた葉っぱと紙が、羨ましかった。私も、彼の中に入って消化されたい。胸の奥まで吸い込まれて、彼の肺をさまよった挙げ句に吐き出されたい。その時、もしかしたら私の一部分は肺の中にこびりついていられるのかもしれない。だとしたら、そんな幸せは他にないだろう。もしも村野さんが私を殺してくれたなら、火葬にして私の煙を肺いっぱいに吸い込んでほしい。深呼吸するように、私を吸いきってくれたなら、私はきっと彼の中で幸せを感じられるのだろう。そして灰になった私を、灰皿からゴミ袋に吸い殻を捨てるように、無造作に捨ててほしい。

私たちはタクシーで彼の部屋に向かった。タクシーの中で彼はずっと、何か憂鬱そうな顔をしていた。頭までダラッとシートによりかかる彼は、そのまま弛緩してシートに溶けてしまいそうで、私はひどく不安だった。ドキドキしながら、何度も彼が隣にいる事を確認した。私が何度も目をやっているのに気づいているのかいないのか、彼はただボンヤリと前を見つめていた。二十分ほどで、タクシーはマンションの前に止まった。こんなに近かったんだ、と驚きながら、運転手に店で数枚パクっておいたタクシー券を差し出した。

「ああ、いいですよ」

彼はそう言って、ゆったりとした動作で胸ポケットを漁ったけど、私は首を振ってパーにした手をぶんぶん振った。こんな女に金かけちゃダメだよ。そんな風に諭してやりたかった。彼のマンションはひどく高級そうで、うちとは大違いだなあ、と少し肩をすくめながらエントランスの階段を上った。部屋は十階で、エレベーターの中から見える景色に閉口した。きっと一緒にいるのが彼じゃなかったら「きれーい」とか言うんだろうけど、彼に言ってもどうせ嘘っぽいから、私は黙ったままそれらを見下していた。

部屋はこざっぱりとしていて、ほのかに彼の匂いがした。気持ちが落ち着くまでに五分かかって、胸の鼓動を抑えるまでに五分かかって、村野さんに差し出されたグラスを持つ手の震えが止まるまで三分かかった。ソファに腰掛けてビールを飲みながら、気づかれない程度に部屋を見渡した。とにかく、彼の性格を象徴するような簡潔さだった。軽く散らかった服やCDを片づけようとしないところが、彼らしい気がした。出来る事なら部屋中を漁って村野さんがどんな人なのか、ほんの一ミリでも摑みたかったけど、それは彼を正確に摑むには適切ではない方法だとも思った。私は自分が見ている彼だけを見て摑まなくてはならないのだ。そのペースがどれだけ遅くても、心を開けと、もっとあなたを見せてと、急かす事は出来ない。好きだから。好きだから嫌われたくないから。出来るなら私の事を好きになって欲しいから。私は本当は私は本当は本当は好きになって欲しいんだよ。本当は好きだって言ってる自分を認めて欲しいし、本当は求めて欲しいし、本当は好きだって言って欲しいんだよ。本当はね。でも、本当は、だから、別に嘘でもいいんだけどね。

「好きです」

私の言葉を、とうとう村野さんは無視した。黙ったままソファに深く腰掛け、ぼんやりと宙を見つめていた。私は無視された事なんかどうでも良くて、むしろそれよりも手に触れたくて仕方なかった。あの、手、あの、と口ごもっていると、村野さんは宙を見つめたまま左手を私に差し出した。私はその手を自分の太腿に置いて、両手で愛撫した。

「治りましたか？」

顔を上げて首を傾げると、彼は同じように首を傾げて「……脚の傷」と言った。私はあ、と言いながらスカートをまくし上げ、傷痕を見せた。

「結構、綺麗になりました。誰かのせいで、治りが遅くなったんですけど」

村野さんは謝るでもなく、ただ笑ってやり過ごした。村野さんは、また私の傷痕をまさぐるのだろうか。傷痕を割って、私に入るのだろうか。入ってくればいい。膣の中より、ずっと居心地もいいはずだ。村野さんは傷痕を撫でたけど、指を突っ込もうとはしなかった。かさぶたは出来てははがれ、出来てははがれ、を繰り返し、傷はでこぼこの線を作っていた。

「シャワー、浴びてきます」

村野さんはその一言だけを残し、ソファから立ち上がった。行かないで、そう言いたくもあった。出来る事なら村野さんの手を取って引き戻したかった。でも私は情けない顔で彼を見送った。まあ、彼は一度も振り返らなかったんだけど。振り返って。振り返って私を見て。という気持ちは届かなかった。ドアはカチャンという音をたてて閉まり、私はうなだれた。一体私は、振り返って私を見て、何をして欲しかったのだろう。私を見て何を思って欲しかったのだろう。そしてただひたすら彼がバスルームから出てくるのを待った。ひたすら、彼が置いていったビールとワインを飲みながら、待った。時折疼く太腿を掻きながら、待った。グラスでワインを飲んでいると、恐ろしいスピードで酔いが回り、村野さんが出てきた時平常心でいられるのか不安になりながら、待った。待ちながら私はすでに濡れていたし、ヨダレを垂らしてしまいそうだった。

彼が出てきた時私はソファに突っ伏していたし、私もシャワー浴びたい、と思いながら体がうまく持ち上がらなかった。泣きたい気持ちを抑えて、腕の力だけで体を起こすと顔を上げた。村野さんはワイシャツにスーツのパンツ、というさっきと変わらぬ格好で、ただポツポツと水滴を落とす髪を見て私はひどく興奮した。その髪に触りたいという欲望と湿気を含んだ彼の体を愛撫したいという欲求が、頭を埋め尽くした。手を伸ばすと彼は黙ったまま傍らに立ち止まり、私の手を取った。触れ合う手はそこだけが熱く、このまま熱に浮かされて、侵されて、死んでしまえばいいと思った。何が死んでしまえばいいのか、わからないまま、私は「シャワー」という言葉を言い出せず、立ち上がり、そのまま村野さんの手に落ちた。もっともっと私を支えて。もっともっと、抱きしめて。もっともっと強く抱きしめてそのまま私を抱きしめ潰して。村野さんの腕が鋼で出来ていたら、締め潰して、私を血まみれにしてもらえるのに。私はひどくバカな女なんです。ものすごくバカなんです。そしてそのバカさ加減をあなたに見ていてもらいたいんです。狂っていると思われても構わない。私にとって一番重要なのは、村野さんが私を見て何と思うかよりも私をどう受け流してくれるかなんだから。本当は受け止めて欲しいんだけど、村野さんは受け入れてくれないから、だから受け流してくれるんでいいの。私の事なんて、受け流して、はあ、とかああ、とかいう言葉で流して。私を跡形もなく綺麗に流してちょうだい。いいの。私を流すその水がどんなに汚れていても。どんなに濁っていても。どんなに粘っていても。しゃわぁ、という私の言葉が聞こえたのか聞こえなかったのか、村野さんはドロドロの私を抱えて寝室に入り、私はベッドに転がった。投げ出されたのかと思ったけど、どうも自分から倒れ込んだようだった。私は左手でシーツの質感を確かめながら右手を村野さんに伸ばした。村野さんに愛撫されながら、私は服を脱いだ。ニットを脱ぎながら、あばら骨の感触を手に感じた。ああ、私の体すらも彼を求めてやせ細ってしまった。どうか早く私を犯して。少しだけ、肥やして。

「痩せましたか？」

不意に手を止めて私を見つめる村野さんに、ふと我に返った。痩せました。あなたのせいです。あなたを考えるから。痩せたんです。

「村野さんの事を考えると吐き気がするんです」

「嫌いって事ですか？」

「好きです」

村野さんは答えず、また細い指の先を私の胸元に滑らせ、愛撫した。彼の濡れた髪からいい匂いが漂って、私は自分がどんな匂いを放っているのか、不安になった。バーで飲んでいた時、ひどく暑かった。あの時にかいた汗は、私の体を汚して今どんな匂いを発しているのだろう。思わず膣に力が入った。村野さんは太腿の傷痕を撫でたけど、それを割ろうとはしなかった。もう、治りかけているからだろうか。悔しくて仕方なかった。私のマンコは閉じかけている。私の心は射精してもらえない。彼は私の心に射精しない。もう、挿入すらしない。私は泣きそうだった。泣いてしまいそうだった。別に、どうだっていいんだけど。私が泣こうが泣くまいが、どうだっていいんだけど。大事なのは、一番大事なのは村野さんが泣いた私を見てどう受け流してくれるかだ。そして私を殺してくれるかどうかどうかだ。そして私を殺してくれるかどうかだ。

セックスは終わり、私は血を流したい気持ちのまま彼の腕に抱かれていた。泣いたけど、涙はベッドのシーツに落ちて、じんわりと広がっただけだった。彼の気持ちを揺るがす事は、なかった。彼がいきなり私の首筋を撫でて、そのまま首を絞めたら、その時私はどれだけの幸せを感じられるんだろう。きっときっと、最後の瞬間に私はこれ以上にない程彼を好きだと実感するのだろう。好きです。最後にまたそう言い残そうと、頑張って声を絞り出すのだろう。その声が私の声帯を震わせたなら、間違いなく私はエクスタシーを感じて、彼の手に触れたまま息絶えるのだろう。

「好きです」

情けなく告白すると、村野さんは仕方なく、といった感じに腕の力を強めた。胸に顔を押しつけて泣くと、さらにその力は強くなった。殺したいと思ってくれてるんじゃ、なんて望みが浮かんだけど、それは村野さんがため息をついた事で呆気なく崩れた。

「レナさん」

名前を呼ばれた事にも、すぐに気づけなかった。彼は一体何を言ったのだろう、とも思った。私はレナなんだ。そして私は名前を呼ばれたんだ。

「はい」

「ワインを飲みましょうか」

彼の言葉に、笑いながらうなずいた。私を抱きしめているのが相当に辛かったのだろうか。私と密着しているのが、辛かったのだろうか。そんな事を考えながら、彼の腕から離れた。彼がパンツをはいてワイシャツを羽織り、部屋を出ていくと、私はグズッと鼻をすった。そしてワインと二つのグラスを持ってきた彼を見て、ひどく安心した。別に、私はラッパ飲みでいいんだけど。そう思いながら彼を見ていた。差し出されたグラスを受け取る時、彼の指は私の指をよけるように抜けていった。私はワインを一気に飲み干すと、彼にグラスを返した。その瞬間手に触れようと思ったのだけど、彼の指はまたスルッと私の手から離れ、触れる事は出来なかった。なみなみと注がれたグラスを受け取る時、やっと私の指は彼の指を捉え、その指を絶対に離したくないと思ったけど、叶わなかった。いつまで経っても私は村野さんの気持ちに一つも踏み込めない。強く拒否されたなら、どれだけ楽だろう。泣いて喚いて悔しがって散々彼の姿を頭に描いた挙げ句に彼を忘れられたらどんなに楽だろう。いやきっと楽ではないんだろうけど。それでも諦めなくてはならないと思えれば、今より多少は楽かもしれない。どうして彼はこんなに微妙な距離に私を保っておくのだろう。彼自身が何も望んでいない事とか、何者にも何事にも流されない感じとか、私はそんな彼の性質に呑み込まれたいのだ。私は彼に殺して欲しいのだ。

「結婚しませんか？」

「いいですよ」

どうして結婚という単語が口をついて出たのかわからなかったけど、言ったからにはそれを望んだのだろう。まあ、殺してもらえないんだったら結婚、という発想もわからなくはない。そして、いいですと言ったからには村野さんはそれを受け入れる心構えが出来ているのだろう。

「本当ですか？」

「はあ」

「じゃあ明日婚姻届もらって来ますよ？」

「ああ、はい」

「保証人、アテあります？」

「同僚とかなら。館山くんでもいいし」

「ていうか、明日空いてますか？　ていうか日曜って区役所やってるんですか？」

「確か日曜でも大丈夫ですよ」

「本当にいいんですか？」

「いいですよ。でも、レナさんは結婚に何を求めているんですか？」

「好きなんです」

「はあ」

「何も求めてません」

私は嘘をついた。本当は、殺して欲しいのに。やましいのだろうか、恥ずかしいだけなのだろうか、私はどうしてはっきりと「殺して下さい」と意思表示を出来ないのだろう。

「だったら、いいです」

村野さんは興味なさげにそう言って、おやすみ、の一言もなくスタンドを消した。

私はその夜ほとんど眠れなかったけど、朝一で区役所に行って婚姻届をもらい、まず第一にナツコに電話をかけ、たたき起こした挙げ句に部屋に押し掛けて証人の欄を埋めてもらい、帰りの電車で自分の欄を埋め、マンションに戻って村野さんに婚姻届を渡すと、彼はひどく眠そうな顔のまま名前や住所を書き、ゆったりとした動きで判を押した。それから彼は身支度をして「じゃあ同僚に書いてもらってきますね」と言って部屋を出ていった。昼になっていたけど、落ち着かず、飯なんか食っている余裕はなかった。私はただ昨日の村野さんとのセックスを思い出しながらベッドでオナニーをした。ああそうだ。村野さんにも名前があるんだ。これから、いつか私が彼を名前で呼ぶ事はあるのだろうか。あれを提出したら、私も村野さんになるんだ。

一時間もしない内に村野さんは帰ってきた。驚いてベッドから飛び起きると、彼は片手に紙袋を持っていた。食べませんか？　そう言われ、私はいそいそとリビングに移動した。

「ここのローストビーフ、美味しいんですよ」

そう言いながらローストビーフのパックとサンドイッチを出す彼を微笑と共に見つめながら、私は結婚という言葉を思い浮かべてみた。私はこの、こんなにも強烈に好きな男と結婚するのか、そう思ったら目眩がした。

「仕事、辞めるんですか？」

不意をつかれて、私は目を丸くした。ああ、考えてなかった。そう言えば、世の女たちは寿退職とかするんだよね。

「ああ、まあ、しばらくは生活リズムを変えない方が、と思います」

「そうですよね。急に部屋出たら、館山くんも困るだろうし」

「そうですよね。まあ、別居の方がいいですよね」

「そうですね」

あっさりと、私たちは別居という決断をして、もさもさとローストビーフを食べた。とても美味しかった。村野さんを考え続けている時はあんなにも食欲が湧かないのに、一緒にいる時はちゃんと美味しい物を美味しいと思える。ガーリック味のタレが最高に美味しくて、肉の歯ごたえも最高で、ミシミシと繊維を砕く歯が震えて、口の中で唾がじくっと溢れた。タレと肉と唾液が混じったその味は、私の中で膨らみ続けた。爆発すればいい。

「好きです」

村野さんはまた私を無視して、サンドイッチを咀嚼した。好きです。もう一度言っても、彼は目も合わせなかった。好きです。もう一度言うと、彼は立ち上がり、キッチンに立った。コーヒーメーカーをセットして、見つめ続ける私の視線に振り向く事なくソファに戻った。

「あ、コーヒーでいいですか？」

「いいです。好きです」

はあ、と全く意に介さない様子の彼を見ていたら、きっと私はどれだけ彼と一緒にいても幸せになれないだろうと思った。それでも私はもう止まらないんだろう。こんなにも好きになってしまったんだし、こんなにも傍にいたいと思う。それが幸せに結びつかないのは、私のせいでも彼のせいでもない。しばらくして出来上がったコーヒーをマグカップで飲みながら、私は自分のこれからの身の振り方を考えた。彼が私を殺してくれない限り、好きだと言い続けるだろうとは、思った。

私たちはローストビーフをたいらげてから、部屋を出た。区役所に婚姻届を提出した。彼がバツイチだった事で一ヶ所だけ書き忘れがあったけど、その場で書き足して、私たちは夫婦になった。おめでとうございます。という守衛の言葉に、私はひどい違和感を覚える。彼もそうだったに違いない。私たちは二人して眉をひそめて守衛を見つめ、彼がわけがわからない、という顔で「え？」と言うのを見つめてからその場を立ち去った。

「何か不具合があったら、籍抜くんで、言ってください」

村野さんの言葉に、私は軽くうなずいた。「村野さんも」と言うと彼は涼しく笑った。籍を入れても、やっぱり私たちは一歩も近づけない。彼は心を開いてくれないし、心を開かせてくれない。それでいいのかもしれない。だってもしも心を開いてしまったら、彼は私を一生殺してくれないだろうと思うから。いや、私はこんな言葉で逃げているのかもしれない。本当は心を開きたいのに、拒否されるのが怖くて殺して欲しいという思いに逃げているのかもしれない。本当は、彼に自分を全て見せて、見せ尽くして、それでいて愛して欲しいなんて傲慢な思いを持っているのかもしれない。いや違うかもしれない。本当はいつまでも拒否し続けて欲しいのかもしれない。そしてこうやっていつまでも私を軽く受け流して欲しいのかもしれない。そう、だってわかってる。結局、私たちはセックスをして、キスもして、結婚までしたけど、距離は全く近づかない。そして、結局何の意味もない。クスクスと笑うと、村野さんは鼻で笑った。私が今どんな気持ちなのか、彼は鋭く読んでいるのかもしれない。むしろ、私がそんな気持ちになるのを知ってて、結婚を承諾したのかもしれない。だとしたら……それでも私は彼が好きなんだろう。

村野さんのマンションに帰ってワインを飲んでいたら、彼が少しだけ迷惑そうな顔をしたような気がしたから「これからどうしますか？」と聞いたら「寝ます」と簡潔に答えられたから、私は真っ直ぐマンションに帰った。タクシー呼びますか？　と聞かれたけど、電車で帰ります、と言って部屋を出た。せめて、マンションのエントランスまで見送ってくれればいいのに。まだ夕方だったけど。まだ五時だったけど。まだまだ一緒にいたかったけど。昨日寝た時間を考えれば、村野さんが眠いわけなかったけど。村野さんが寝ると言うのだから仕方ない。誰とも話したくなかった。ナツコは「何だったの？」とか「ほんとに結婚したの？」とか「あの彼と？」とかしつこくメールを入れてきたけど、無視した。好きで好きで仕方ない男と結婚したというのに、私はひどく傷ついていた。ひどく胸が痛くて、ひどく辛かった。ひどく、痛かった。まるで心から流血しているようだった。その血が流れすぎて、止まって、パリパリに乾いた頃、私はマンションに着いた。電気の点いている部屋を見上げて、一瞬そこにいるであろう奴らに殺意を覚えたけど、辛うじて走り出したい衝動を抑えた。

キッチンの電気も点けずに、冷蔵庫からビールを取り出した。あまりに腹が立っていた。だから仕方なくホクトの部屋のドアを叩いたけど、案の定何の反応もなく、私は何度もドアを殴った。殴りつけていると、ビリビリと拳が痛んだ。赤くなる。腫れる。という焦りの気持ちもあったし、何もかもぶちこわしてやりたいという気持ちもあった。だから仕方なく足でドアを蹴った。バン、バン、ガン、ゴン、もう、蹴破ってやる。くそ、お前の腹を蹴って内臓を潰してやる。出てこい、出てこい、そう祈っていると、かすかに音がした。

「ファッキンアスホール」魂の叫びが口をついて出た。バギ、という鈍い音がして、私の足がわずかな手応えを感じた。少しだけドアが歪んでいた。あと二、三発蹴れば刑事物の映画みたく、ドアは開くはずだ。そう思った瞬間に、ドアが開いた。ムワ、という熱気が溢れ出して、私は顔をしかめた。

「あちいな」

そう言うとホクトは「赤ん坊が、裸だから」と言ってクマの出来た顔をしかめさせた。確かに、いつものごとくベッドに転がる赤ん坊は泣いていて、裂け目を剝き出しにしてもがいていた。

「どうなのよ？」

「ダメ」

「あんたさあ、小学生とかじゃ無理なの？」

「別に、無理じゃないよ。アヤとだって、イカなかったけど出来ただろ」

「じゃあ何でこれに固執するの？」

言いながら、きっとホクトはものすごく楽なんだろうと思った。私のように、相手の反応を気にする事もないし、相手が嫌がっても泣くだけだから、口を押さえれば見て見ぬ振りが出来る。私みたいに、彼の反応を見て傷つく事もないだろうし、彼が何を考えているのか気になって眠れない夜を過ごす事もないだろうし、彼からの電話を待ち続けて泣きそうになる事もないだろう。その代わり、結婚は出来ないけどね。ホクトは何も言わずにただ赤ん坊を見やった。

「ちっさいの、好きなの？」

「ん、ああ。好きだよ」

「小さきゃ小さいだけいいの？」

「まあ、小さい方が、いい」

「じゃあハムスターとかでもいいんじゃない？」

「ああ、いいかもね」

私は一つため息をついて、赤ん坊を見つめた。ホクトも赤ん坊を見ていた。二人で見つめていると、何だか少しだけ申し訳ない気分になった。私が彼と結婚したからじゃないけど、何となく同情の念が生まれた。私はビールを飲み干すとホクトを殴りつけ、驚いているホクトを後目にコートを着てマンションを出た。歩いて三分、のところに小学校がある。本当は小学校の前の通りを通るのが一番速いんだけど、私はいつも裏の通りを通っている。

いつだって、ガキがうるさいから。それでも、今日は日曜のせいか、ガキの姿は見えなかった。清々しい気分だったけど、ガキが戯れている映像が頭に浮かび、強烈な吐き気に口を押さえた。コートのポケットに突っ込んであった薄手の手袋をはめると、私はフェンスを越えて小学校の敷地に入った。最近、小学校への乱入殺傷事件が多々起こっているらしく、監視カメラなどを設置している学校もあるらしい。私はコートで顔を半分隠しながら、裏庭を歩いた。すぐに、寂れた小屋が目に入った。前に一度通った時、あれを発見した。何がいるのかなんて興味はなかったけど、けたたましく鳴いている声を聞いた。ゆっくりと近寄って、監視カメラがないか見渡したけど、特にそれらしきものはなかった。近づくと悪臭が漂って、私は腕を鼻に押し当てた。金網のドアは差し込み式の鍵で、外すとギイという音をたてて呆気なく開いた。一歩足を踏み入れてすぐ、毛むくじゃらの物体を靴を通して足に感じた。左足のすぐ真横にヒヨコがうずくまっていた。死んでるのかと思って足でこづくと、迷惑そうな顔で私を見上げた。そうこうしているうちに、うずくまっていた鶏が起き出した。コケ、コケ、と間抜けな声をあげて立ち上がり、つられるようにして他の鶏もせわしなく動き始めた。私は左足でヒヨコを踏みつぶした。ギャッ、という音がしたけど、悲鳴なのかどうかはわからなかった。五羽いる中で一番ちっちゃい雌の鶏の首をつかみ、小屋の棚に置いてあった針金でクチバシをグルグル巻きにした。暴れたから、コートを脱いで鶏をくるんだ。バタバタと動いたけど、ぐっと力を入れて押さえつけるとモサモサと動きながら少しずつおとなしくなっていった。このコートは帰ったら捨てよう、と思いながら早足で来た道を戻った。

ホクトはわけがわからない、という表情をして、カシカシと音を立ててフローリングの部屋を走り回る私のプレゼントを凝視した。

「獣姦で一番いいの、鶏だって聞いた事あるよ」

「でも、これ……」

「何？　ただただうるさくて手がかかって殺してやりたいってとこではあんたの親戚の子供と何ら変わらないわよ」

私はそう言って、鶏をわっしと摑むとホクトに差し出した。ホクトは赤ん坊と手の中の鶏を見比べて、短パンを脱いだ。勃起してんじゃん。あざ笑ってやりたかったけど、頬が上がらなかった。ホクトが鶏を犯している間、私はずっと村野さんの事を考えていた。彼はあんなにも美しい。彼はあんなにも私を魅了する。彼は、私を魅了して止まない。しかしこのクソ男はどうだ。鶏を犯してイキそうになってる。ホクトのチンコは、キュウリと同じくらいの価値しかない。精液を発射するという点で、キュウリより劣っているかもしれない。鶏はグッグッと妙な音を発し、クチバシの針金は今にも外れてしまいそうだった。ホクトは鶏の喉元を摑み、上下させた。ああ何て事だ。こんなバカ男が、ヤッてる相手を殺そうとしてる。失楽園だ。私が一番殺してもらいたいのに。私が一番彼に殺してもらいたいのに。こんなにも彼に殺してもらいたいと、こんなにも懇願しているのに。どうしてお前が鶏の首を絞めてよがっているんだ。お前なんか、死んじゃえばいいのに。くそ。ホクトが鶏の中に精液を送り込んで、鶏を投げ捨てるまで、私はドアに寄りかかって一部始終を見ていた。鶏はぐったりしていて、まるでマワされた後の女子中学生のようだ、と思った。オナニーマシーン、というか、セックスマシーンになってくれればと思っていたけど、これじゃ無理だ。赤ん坊は、泣きやんでいた。私は鶏をわしづかみにして部屋を出た。ホクトは「アヤ」と名前を呼んだけど、振り返らなかった。キッチンの流しで、鶏の首を折り曲げた。グッ、グッと力を入れると、パキ、という感触があって、すぐに鶏は目を開けたままイッた。手が麻痺しているようだった。イッた後のマンコのような、痺れを感じた。ああ、と呟くと、鶏を生ゴミ用のゴミ箱に押し込み、大量のハンドソープをつけて何度も手を洗った。その後、さらに一時間ほど半身浴をして、部屋に戻った。焼き鳥の匂いがしたような気がして、クンクンと何度も鼻を鳴らした。明日、同伴するんだったら焼き鳥を食べに行こうと思いながら、眠りについた。

次の日、大手精肉会社の代表取締役兼ハゲオヤジと念願通り焼き鳥を食べに行った。ネギマ、カシラ、ハツ、カワ、レバー、何でも食べた。でもシメは銀杏にした。店を出た時も「銀杏美味しかったですね」と言った。店に向かうタクシーの中「わーいどーはんだどーはんだどーはんだどーはんだ」と連呼していたら肉取締オヤジは「可愛いなあ」と言って私の肩を抱いた。可愛いのは当たり前だってんだクソオヤジ。そう思いながら私は淡々と「どーはんどーはんどーはん」と連呼し続けた。このオヤジはどうして、私がこんなにもやる気がないという事に気づかないのだろう。同伴ナンバーワン手当が欲しいだけだと、気づかないのだろう。私はいつもいつも村野さんの事ばかり考えているというのに、どうして上の空の私を見て可愛いと言えるんだろう。ああそうか、彼は村野さんと同じく私に興味がないんだ。村野さんと違うのは、ちゃんと私の体に対して欲望を持っているってとこか。もしバツイチになったら、肉の鑑定でもしてもらおうか。そう思いながら耳元で息を荒らげるオヤジの手を押さえた。

「それ以上は別料金」

　オヤジは笑って手を離した。レナちゃんは寸止めだからなあ。レナちゃん寸止め上手だなあ。レナちゃん寸止め寸止めパブ嬢みたいだなあ。寸止めに関しては天才的だなあ。寸止めの女王だなあ。寸止め寸止め言うオヤジを見ていたら目が回ってきた。ああ、こいつは何てバカなんだ。寸止め好きなのか、それとも寸止めされてる事がそんなにも悔しいのだろうか。店に着くとマネージャーが揉み手をしながら肉オヤジに媚びをうった。マネージャーを見ながら、私は小さく鼻で笑った。もしも、マネージャーが村野さんだったら、そんな事を考えた。そんなキャバクラ、一ヶ月で店じまいだ。もしも私が今店を辞めたら、責任感とかを感じて村野さんは私を本当の妻のように扱うんだろうか。それはないな、もしそうされてもどう反応していいか、わからない。もしそうなったら、私は家事なんかをするんだろうか。食事を作ったり、洗濯や掃除をしたりするのだろうか。エプロン姿の自分を想像したら、苦笑がこぼれた。そのエプロンは血まみれで、手には鶏の亡骸が無造作に握られていて、ギザギザの歯には鶏のもみじのような足をくわえていて、なんて考えていたらクスクスと笑えてきた。大声で笑いそうになる衝動を抑えて、私は控え室に向かった。どーはんどーはんどーはん、と真剣にアカペラを始めようかなんて考えながらリズムを取っていたら、三十代のお局たちが私を睨んだ。目を丸くして凝視して、「あ、違った」と言うとナナさんことババアがキッと睨んだ。

「何よ」

「欲情したメスザルがセックスレスでヒステリーをおこしてる、って思ったんだけど、何か、人間だったみたい」

ナナさんが私にリキッドファンデーションの小瓶を投げつけた。びっくりして顔だけは隠したけど、瓶は私の頭に当たって、その後ロッカーに当たって、床に落ちた。ガンガン、というかビンビン、というか、とにかく鈍い痛みが私の視界を揺るがせた。

「このクソババア」

そう言ってパイプ椅子を振り上げると、ナナさん以外の女は飛び退いた。充血した目を向けるナナさんに唾を吐いてから、椅子を振り下ろした。クソマンコ。そう怒鳴って、もう一度振り下ろした。ナナさんは首をフラフラと折り曲げ、死んだんじゃないかと思ったけど、私は何だか、止まらなかった。どうしてなんだろう。今まで、どれだけ女に恨まれてきただろう。どれだけ嫌味を言われて、どれだけ嫌われて、どれだけ陰口を言われて、どれだけ邪険にされてきただろう。そして私はどれだけ冷静だっただろう。サルと言われようが、メス豚と言われようが、ヤリマンだと言われようが、メス犬だと言われようが、ファッキンと言われようが、中指をたてられようが、私はそれに心を動かされる事はなかった。死んじまえと言われ、馬乗りで殴られた時ですら、私は一つも抵抗しなかった。それなのに今日の私の乱れようといったら、まるでテロに遭ったアメリカ人のようではないか。ヒステリックな人間が、私は大嫌いだ。従って、私は今自分が大嫌いだ。今、もしも目の前に日本刀があったら切腹が出来ると思った。血を流したナナさんを見て、私はパイプ椅子を投げ捨てた。椅子が当たって、ロッカーがへこんだ。そのロッカーを見て何だか映画みたいだ、と思っていたら、ナナさんはヨロヨロと立ち上がり、ペン立てに入っていたハサミを持って、私につかみかかった。ああ何だか、何だかとても、映画みたいだ。そう思った瞬間、思い出した。あの肉オヤジは元々こいつの客だったんだっけ。まあそんな事今更思い出しても何の役にも立たないけど。諦めのため息をついた瞬間に、刺されていた。ブチブチ、という音が聞こえた気がした。気だけ、かもしれないけど、私はその音に鳥肌を立てた。ブチブチって、刺されちゃったよ。結婚した次の日に、刺されちゃったよ。結婚記念日がババアに刺された記念日の一日前だなんて、ちょっと面白すぎだよ。はあ、とまたため息をつくと、もう一度ブス、と刺された。ブスはお前だ。そう呟いたけど、ちゃんと声になっていたかどうかはわからない。あんたなんかに殺されてたまるか。私は村野さんに殺されるために生まれてきたんだ。あんたみたいなクソマンコに殺される筋合いは、これっぽっちもない。ああ、でもそう言えば私はこの女の顧客を横取りしまくってるな。外資系の御曹司やら製薬会社の専務やら医者、やら。そういや、取ったわ。あんたを意識してたんじゃない。あんたの客は、ピンドン入れてくれるから、媚びただけだ。そう言いたかったけど、声にならなかった。ああ、すまなかったね。悪かったよ。悪かった。だから殺さないで。私は彼に殺されないとならないの。あんたに命をくれてやるのが嫌なんじゃない。彼以外の人に殺されるのが嫌なんだ。

ルミちゃんが、マネージャーを呼んでくれたらしい。私たちはボーイとマネージャーに引き離され、私は血まみれになった自分の腹を見ながら、村野さんの事を思いだした。閑散とした病院に連れて行かれて、簡単な処置を受けた後、簡易ベッドの上で泣きながら、なぜかホクトを呼んだ。ホクトはピーコートを着ていた。そして薄暗い病室の中で私を見つけ、絶句した。私が泣いているのを見て、言葉を失っていた。失うな。言葉は失うな。どちらかと言えば絶句する前にその寝癖を先に直した方がいい。その、目やにを取った方がいい。私の涙に引く暇があったら、その手持ちぶさたな手で私の頭でも撫でればいい。

そして、撫でられた私は、その手が村野さんの手だったらいいのにと思うのだろう。ああ、撫でた。ああ、村野さんの手だったらいいのに。私は泣きながらホクトの大して美しくもない手に触れた。

入院、した方がいいねえ。と、ヤブ医者は言ったけど、マネージャーは事を荒立てたくないらしく、大きな病院への転院を渋った。仕方なく、私は太腿を刺した時に行った中堅病院の個室に入院した。あの時と同じ医者は、私の傷を見るとうんざりだ、とでも言いたげな顔をした。

「また、自分でやったの？」

「今回は、事件です」

「事故、ではなくて？」

「事件です」

「ものは相談なんですけどね、縫合していいですか？」

「ゴタゴタ言ってねーで早く縫えよバカ野郎」

「あ、いいの？」

「私は布だし、お前はミシンだろうが」

ニヒルに言うと、医者はまたうんざりだ、という顔で支度をして、私を縫い合わせた。クソな女に刺された傷に、村野さんの指もチンコも入れさせやしない。クソマンコ女が作ったマンコなんて、クソマンコだ。医者は私を縫った後、一週間強で退院出来ると言ったけど、そんな事より村野さんに会いたかった。その日の昼の二時、確実に就業時間だと思われる時間帯に、公衆電話から村野さんの携帯に電話した。もしも出たら、即切りしてしまおうと思っていたけど、思惑通り、留守電に切り替わった。「好きです。新宿の飯田医院というところに入院しました。時間があったら会いに来てください」それだけ言うと何かを振り切るように電話を切った。何かを言ってしまいそうだった。何か、もっともっと重要で、もっともっと重くて、きっともっとどうでもいい事を、喋ってしまいそうだった。きっと彼は来る、そう思うと、十分後にはやっぱり来ない、と思い直した。そんな事を何十何百と繰り返し思い悩み、気づくと夜は更けていた。彼は来ない。そう思った。でも、威勢のいい看護婦の声で目覚めると、彼は来る、と思いこんだ。そして十分後には諦めた。そして十分後には来ると思い直した。ホクトが来たけど、花とファッション誌とシュークリームを持ってきたけど、話す事は特になく、私はただ黙ったまま来る、来ない、と期待と絶望を繰り返した。

「あ、あの玩具は？」

「玩具って言うなよ」

「じゃあオモチャは？」

「オモチャって言うなよ」

「じゃあ親戚の子は？」

「寝かしつけてきた」

「入った？」

ホクトは黙ったまま、何も言わなかった。

人間は欲も罪も深い生き物だと言うから、ホクトはきっと赤ん坊がチンコをくわえこんだとしても、ずっと犯し続けるのだろう。玩具として、愛するのだろう。物事には潮時ってものがあるのを、ホクトは知らないのだろうか。

「早く入れて、殺してやりな」

入院して二日目に、ナツコが見舞いに来た。どうやら、ホクトが告げ口したらしい。ナツコはババアに喧嘩売られて買うなんてアヤらしくない、と呆れたように説教をして、それで結婚したの？　してないの？　としつこく聞いた。私は曖昧に言葉を濁して適当に、とか微妙に、とか答えた。三日目に、ナツコが教えたらしく、モコが見舞いに来た。モコは目の下にクマを作っていて、どうしたの？　と聞くと泣きそうな顔をした。

「誰に刺されたの？」

「え、ああ、お局ババアだけど」

「付き合ってたの？」

「ないない。だから、私モコ以外の女の子とそういう事した事ないんだよ」

「私、彼女と別れたの」

「ああ、そう。そりゃ……可哀想に」

モコは信じられない、と言いたげに私を睨みつけた。少し言い方が冷たかっただろうかと、慌てて取り繕おうとしたけど、なかなかうまい言葉が見つからず、「あー」とか「うう」とか呻いた挙げ句に、私は黙り込んだ。

「アヤに、傍にいて欲しいの」

傍にいて欲しい、という気持ちは私にも何となくわかった。私だって今、村野さんにどれだけ触れたいか。どれだけ看病して欲しいか。どれだけ隣にいて欲しいか。どれだけ殺して欲しいか。本当は今すぐにでも電話をかけて「殺してください」と泣いて懇願したいのだ。誰にこの気持ちがわかるだろうか。泣いて好きな人に殺しを乞いたいという気持ちが、誰にわかるだろう。村野さんにだけはわかって欲しい。だってそんなの、好きな人にしか言えない。言えないというより、言いたくない。好きでない男に抱かれる事に関しては何とも思わないけど、殺されるんだったら本当に、それは本当に村野さんにじゃないと嫌だ。村野さんに殺してもらう事に関してだけはやぶさかではない。ここまで殺して欲しいと、どうして彼は殺しに来てくれないんだろう、なんて軽く不思議な気分になる。深夜にふと目覚めた時に、村野さんがベッドに腰掛けて何かの片手間って感じで首を絞めていてくれたらと思う。でも私はいつも目を開けては、あたりを見渡して、トイレもベッドの下も冷蔵庫の中も探して、彼がいないという事を確認して、そして泣きながらまた眠りにつくのだ。保険金殺人だって構わない。そんなの、全く意に介さない。もしも捕まるのが怖いのならば何か証拠をねつ造して誰かに罪を被せる用意くらいしたっていい。それでも不安だと言うのなら警察の知り合いに肉体関係をバラすと脅して死因を自殺だと断定してもらう準備くらいは出来る。もちろん出来るならば突発的に、かつ愛を持って殺して欲しいけども、村野さんが嫌がるんだったらそれくらいはしますよ、って話。何ていうかもう、あなたしかいないんです。あなたしかいないんです。私が求める人は、あなたしかいないんです。そして私の好きだという気持ちは、あなたの与えてくれる死にばかりベクトルが向いているんです。与えてちょうだいよ。殺した後あなたも死んで、とか言わないよ。そんなバカ臭い事、絶対言わないよ。あなたのその細い指と華奢な掌で私を殺して欲しいだけなの。お願いだから。何もかもあげるから。どうしても。殺して。欲しいの。初めて感じた愛情は、死に対する凶暴なまでの欲望にまみれてましたとさ。なんて。

私が黙り込んだまま涙ぐんでいると、モコは眉間に皺を寄せてのぞき込んだ。

「退院したら、一緒に住まない？」

モコはベッドの端に座り、私の髪を撫でた。この手が村野さんの手だったら、そう思うと腹だたしく、涙がこぼれそうになった。

「うるせーんだよこのレズのメス豚が。お前なんかと一緒に住めるかってんだよクソマンコ。お前のクソマンコに指なんか入れたって楽しくも何ともねーんだよ私とファックしたいんだったらせめて性転換手術してから来いよこのクソが」

ああ、私は本当に最低だ。そう思いながら言っていた。本当に最低でどうしようもない人間だ。本当に自己中心的で、自己顕示欲が強くて、欺瞞的で、バカで、どうしようもなく、痛い人間だ。

「クソマンコはお前だろクソが。手マンも絡みもロクに出来ないくせに偉そうにホザいてんじゃねーよこのヤリマン女」

素直に、頭を下げたかった。ああ、私下手だったんだ、と。それはもう、謝るしかないですもう本当にすみませんでしたと謝りたかったけど、モコはさっさと部屋を出ていったから、言えず謝れずじまいだった。そうか。やっぱり私はレズに向いてないんだ。やっぱり、男にハメてもらわないと、いけないんだ。フェラだったら自信あったんだけど、手マンは、初めてだったから、なんて、誰にでもいいから言い訳をしたかった。誰もいなくなったから、私はただ一言「ごめんなさい」と呟いた。それから一時間、私は村野さんが来ると思えなかった。ずっと、ああ来ない絶対来ない絶対に来ない、と思い続けた。陽が落ちて、少し落ち着いて、やっぱ来るかも、と思い直したけど、その日は一日中気分が沈んでいた。

四日目に、医者が口説いてきた。五日目には、医者の女らしき看護婦が私を憎んだ。六日目に、村野さんは見舞いに来ないと確信した。七日目、それでも私はどこかで期待をした。八日目、退院が決まった。九日目、荷物を持って病院を出た。村野さんの姿がないかとあたりを見渡したけど、誰もいなかった。こんな事ならあの時死んでしまえば良かった。そう思いながら病院に引き返し、医者とセックスした。白衣プレイは初めてだった。だから死んでもいいと思った。それでも私は無事に射精され、マンションに帰った。部屋に入った瞬間に、涙が出た。ホクトがコンコンとノックをしたけど、私は泣きながらドアを叩き返した。こっちが求めてるんだ。私が求めてるんだ。私の方が求めてる。だから私に与えられるのは当然なのに。だのに私には残念賞しか当たらない。ビンゴには一生行かない。宝くじも一生買わない。競馬も、スロットも、競輪も、ロトも、何もやらない。だから私に最高の死をください。彼の手から与えられる、唯一の幸せを私にください。ビンゴ、と叫びたいのです。ビンゴ、っしゃあ。と、ガッツポーズで彼を手に入れたいのです。好きです。好きです。とても好きです。大好きです。愛してる、かもしれない。好きなんです。村野さんが好きなんです。

その日の夜マネージャーから電話が来た。「解雇」らしい。私はどうもリストラされたらしい。色々、問題あるから、一応、しばらく、まあ、三ヶ月くらい謹慎て事で。ああ、自宅謹慎てやつね。ちなみに、キャバで三ヶ月謹慎って、リストラですよね。と聞くとマネージャーは「ごめんね」と言って電話を切った。私は給料を下ろして、ペットショップに向かった。二十四時間営業のペットショップ、という触れ込みで一時期有名だったその店には、ホステスらしき女とその客らしき男、という組み合わせが二組いた。私はミニラビットという小さめのウサギを買って、店を出た。帰りのタクシーで、キューキュー鳴くウサギにイライラしてカゴを殴りつけると、運転手がミラー越しに私を見つめた。怪訝そうな顔をするオヤジに、私は中指を突き立てた。

「プレゼントです」

ホクトは少し怯えたような顔でカゴにかかった布をめくった。白色の毛玉を見て、ホクトは頬を緩めた。

「こいつ、キツそうだったから」

そう言うと、私はウサギをカゴから出してホクトに差し出した。ホクトは赤ん坊の裂け目に指を這わせながらトランクスを脱いで、ウサギを受け取った。勃起したチンコは毛玉に埋まり、ホクトはウサギをピストンさせながらギイー、と鳴くウサギの顔面を掌で覆った。その性交を見ていて、私は気づいた。ホクトは嘘をついている。ホクトは、私に嘘をついている。

「あんた、もう赤ん坊に入れたんでしょ」

ホクトは答えず、ただひたすらウサギをピストンさせ続けた。

「ほんとはもうヤッてんでしょ」

ホクトの眉間に皺が寄っていた。イクな。イクな。イクな。

「ヤッてんだろ」

私が怒鳴ると、ホクトは痙攣した。ああ、なんてため息をついて、ミニラビットという毛玉に射精した。嘘だ。ホクトは嘘をついてる。赤ん坊とヤッている。だっておかしい。ミニラビットに入るのにあの赤ん坊に入らないわけがない。ホクトは嘘をついてる。

「嘘つき」

そう怒鳴ると私は、まだチンコを握っているホクトからウサギを奪い、耳を持ったまま本棚に叩きつけた。何度も何度も叩きつけていると、ブチャッと血が出て、そこに並んでいた小難しそうな本の背表紙を汚した。私の右手も血で濡れた。

「どうしてヤってないなんて嘘つくんだよ。この小汚い小動物に入れられて、そのクソガキに入れられないわけないだろこのペテン師が」

勢い込んで左手で血まみれの毛玉の胴体を持つと私は右手で持っていた耳を力まかせに引っ張った。ミシミシという感触があったけど、耳は抜けず、私はこみ上げる怒りに嗚咽しながら耳のつけ根に爪をたて、歯を食いしばり、さらに力をこめた。ぶち、という音がして、ウサギの首元から皮が剝げた。引っこ抜いた耳には、顔の皮がダラリと垂れ下がった。「わーい。耳が抜けたー」そう言ってその耳をホクトに投げつけると、ホクトはチンコを握ったまま「ヤッてない」と言った。うぎゃあー、と泣くと赤ん坊も泣いた。ぎゃあー、とハモりながらホクトの首をつかみ、馬乗りになった。右手は自分の憎しみ、左手は赤ん坊の分だ、なんてちょっと正義のヒーローぶったりして。

「ヤッてない」

ホクトの言葉に、私はさらに力をこめる。ホクトは顔を赤くして、私を睨みつけた。

「ヤレないんだ」

その言葉に、とうとう私は手を離す。ヤレないのかよ。お前はこんなクソガキをヤレないのかよ。こんなちゃちな生き物も殺せないのかよ。私だったら蚊を殺すのと同じように、殺してやるのに。バッタの足を一本一本抜くように、赤ん坊の目を引っこ抜いて、トンボの胴体を糸で縛るように首をヒモで絞め付けて、しまいにはアリを虫眼鏡で焼くようにこいつの体をバーナーで焼いてやるのに。そしてその匂いに顔をしかめたり……。

もう、夜が明けようとしていた。なかなかタクシーがつかまらず、つかまるまで、と思って歩いていたら着いてしまった。足が痛くて、手が血まみれで、とにかく温まりたいと思っていた。村野さんは何て言うんだろう。惨めな私を見て、何と言うのだろう。

あっさりと、ドアは開いた。出てきた村野さんは上半身裸だった。その時私は泣いていたのかもしれない。顔が熱かった。ふらっとよろけると、村野さんはそれをよけてくるりと身をひるがえし、私は玄関に倒れ込んだ。村野さんは鍵を閉めた後、今までにない優しさでもって私を抱きかかえて、リビングに運んだ。ソファに放られると私は最後の力を振り絞って仰向けになった。

「今、ちょうどシャワーを浴びようと思ってたんですよ」

村野さんは誰にともなくそう呟いて、私に背を向けた。走っていって抱きしめてもらいたい。抱いて欲しい。いたぶって欲しい。そして閉じかけている太腿に指を突っ込んで、傷口をぐっと広げて、内側から私をえぐって。村野さんは振り返る事なくリビングを出ていった。リビングはしんと、静まりかえった。息を止めて、限界まで止めて、吐いてみた。息と一緒に涙が出た。何者にも存在がなかったら私は何者でも許せるのに。何だって許せるのに。それでも私は村野さんの存在を信じる。存在なんてなかったらいいのに。いや、でももしかしたら村野さんはいないのかもしれない。いなかったのかもしれない。ここには、今のこの部屋には村野さんはいなくて、村野さんに対してはただ好きですという言葉しかない。ああもうすでに私は、灰なのかもしれない。村野さんはもう私を吸いきってしまったのかもしれない。

「好きです」

呟きは頼りなく私の口からこぼれ、テーブルにぶつかって、弧を描いてフローリングに落ちて、砕けた。その欠片を集めて、私は好きという気持ちを形にしてみた。それは、ハートの形なんかじゃなくて、群青色で、ただギザギザにささくれ立っていた。それをギュッと抱きしめると、ギザギザのトゲが私の胸に刺さり、私は胸から血を流した。腹の傷も、ピリリと痛んだ。ああもう胸も腹もどこもかしこも痛すぎる。私は子供のように、上を向いて、顔をくしゃくしゃに歪めて、ぎゃあー、と泣いた。赤ん坊のようだ。いや、かつて私は赤ん坊だったのだ。もしかしたらあの赤ん坊は、私なのかもしれない。私は彼に殺してもらって、愛のない世界を生きたかったのかもしれない。笑いながら、送り出してほしい。それも、抱えきれないくらいのおっきな愛情を持って。

「好きなんです」

ここには死がない。ここにあるのは、ただ存在が消えるという事だけだ。悲しすぎて、私はもう涙がダクダクで、マンコも泣いて

解説——人形を燃やせ、灰になるまで。

斎藤　環

Earth to earth, ashes to ashes, dust to dust.
（土は土に、灰は灰に、塵は塵に）

金原ひとみは進化する作家です。
私はそれを「成長」や「学習」とあえて呼ばないことにします。それらの言葉は、なにやら線形的な連続性を連想させますが、彼女の変化はそういうものとは異なるからです。それはまるで、脱皮ごとに形態を変える昆虫のような、あるいは広瀬康一のスタンド「エコーズ」がACT1→ACT2→ACT3と、その形態と能力を変えていくような（わかりにくい例えですみません）変化です。要するに「金原ひとみ」は、その「戦闘形態」を不連続的に進化させ続けているのです。

本作『アッシュベイビー』は、彼女が二〇〇三年に芥川賞を受賞した『蛇にピアス』（集英社）から、あまり間をおかずに発表された作品です。同じく性という主題を扱いながら、デビュー二作目にして、彼女はほとんど飛躍的なまでの変貌を遂げています。

その後彼女は、『AMEBIC』（集英社）から『オートフィクション』（集英社）を経て、最新長編『ハイドラ』（新潮社）に至るまで、ほぼ年一作のペースで着実に質の高い作品を発表しています。とりわけ傑作『AMEBIC』以降の加速度的な変化には目を瞠りますが、残念ながらこの作家の本質は、いまだ正当に理解されているとは思われません。

とはいえ、最先端の性風俗をリアルに描く才能がこの作家の本質である、などといった表面的な理解にも多少は価値があります。実際、彼女の小説は風俗描写としても他に類をみないリアリティがあり、そうした関心から少しでも広く読まれるとしたら、それは大いに歓迎すべき事態でしょう。しかしもちろん、彼女が描くのはけっして「性風俗のリアルな現場」にとどまるものではありません。むしろその対極です。

金原ひとみを読む行為には異物感がつきまといます。至る所にごつごつと触れる他者性のコブのようなもの。それはおそらく、彼女の小説において、性行為と性的描写が乖離しているところから生ずる違和感です。本作のヒロイン「アヤ」は「ヤリマン」であり、

「モコ」や「あっくん」や「村野さん」とセックスを楽しむのですが、その描写は奇妙なほど即物的かつ記号的です。しかし、にもかかわらず、「アヤ」の身体＝言葉そのものは、おそるべき饒舌さをはらんでいるのです。

これまでの「小説」は畢竟《ひっきょう》、女性のリアリティを、その非定型性、もっと言えば、その不在性に求めるほかはありませんでした。「女性を描く」とは「いかに女性を描きつくせないかを描く」ということを意味します。そう、それはいわば「美禰子」（『三四郎』）や「ナオミ」（『痴人の愛』）モデルの呪縛ですね。もちろんそこには一面の真実がある。しかし、それらはあくまでも男性のヘテロな欲望を前提とした、男性視点の「女性性」にとどまります。ことほどさように、小説における女性の描写は、ヘテロセクシズムの専制を逃れることが困難なのです。

そうした状況を打開しようとする試みが、たとえば笙野頼子や赤坂真理といった特異な才能によって先鞭をつけられていたことは周知の通りです。しかし金原ひとみは、そうした先達とはまた異なったベクトルを持って、そうした「女性性」と対峙します。

少なくとも私は、最近の彼女の一連の作品ほど、女性の身体性にかかわる先鋭的な言葉に満ちた場所はほかに知りません。これらの言葉は、どこまでも必然性によって研ぎ澄まされた先端部を持っており、それゆえにいささかも「実験性」や「前衛性」を必要としないのです。

彼女の言葉は彼女自身の身体に切り込み、身体は激痛に身をよじりつつも、その傷口からはさらなる鋭利な言葉が産み落とされ、その言葉たちはふたたび身体に切り込んでいきます。その再帰的な反復に耐えることで、彼女はこれほどまでの「進化」を遂げてきたのではないか。今回、『アッシュベイビー』を再読してみて、こうした変化の種子の一揃いが、すでに本作に仕込まれていたことに気付かされました。

ここで、本作『アッシュベイビー』の表紙に注目してみましょう。そこに何が見えるでしょうか。そう、ハンス・ベルメールによる球体関節人形の写真ですね。私は最初、この表紙にはまったく意表を衝かれました。しかし今にして思えば、あやまって迷走しているとすら感じました。しかし今にして思えば、彼女は自己演出の方向性をわしい表紙はなかったとも言えます。その理由から説明しましょう。

ここでベルメールについて詳しく触れることはしません。球体関節人形を日本にもたらしたドイツのシュルレアリスト、という程度の紹介で十分でしょう。もっと知りたければWikipediaで検索しても良いのですが、「ハンス・ベルメール：日本への紹介と影響」というウェブサイトで（http://bluecat.web.infoseek.co.jp/bellmer/）、その全体像はある程度把握できます。参考文献の紹介もあります。

ベルメールの紹介以降、球体関節人形は、とりわけ日本において特異な深化を遂げてきました。その筆頭格はいうまでもなく四谷シモンですが、ほかにも天野可淡、土井典、吉田良などの作家の名前がここに連なります。球体関節人形がある種の特異なエロス表現としてひろく受容され、それゆえに熱心な愛好者をもたらしてきたことは間違いありません。その最新の発展形はボークスが販売するレジンキャスト製の球体関節人形「スーパードルフィー」であり、あるいは押井守のアニメ「イノセンス」が挙げられるでしょう。

ベルメールがしたことは、人間の身体に「関節」という分節を刳《く》り込み、強制的に分割し、身体パーツをアナグラムのように組み替える試みでした。本作の表紙写真を良く見ると、少女人形の体をバラバラに分解してから、ダルマ落としのように積み直してあります。胴体の上下に股関節が接続し、股関節に顔が載せられた奇妙な「人形」。それはまるで、名前も機能もなくした、バラバラ殺人の死体のようです。実際そこには、死体だけが持つであろう、フェティッシュなエロスが抽出されています。

いったいなぜ、この写真が、本作にふさわしいと言えるのでしょうか。

『アッシュベイビー』は、「傷」を巡る物語です。

アヤとルームシェアをするホクトはペドファイル（小児性愛者）で、どうやら攫《さら》ってきたらしい女児の赤ん坊と性交しようと躍起になります。より狭く小さな膣を求めるというペドファイルのセックスは、それ自体が傷をつくる行為そのものです。

そして、その「傷」は転移します。

ホクトが赤ん坊を監禁していることを知ってアヤはショックを受け、彼女の肉体と精神は解離を起こします。このときアヤは、衝動的に左の内腿に果物ナイフを突き立てるのですが、それは「肉体の反乱」と表現されます。ナイフを引き抜いて勢いよく出血しはじめた傷口に、アヤは戸惑いながらぼんやり考えます。「血を吐く傷口なんて、マンコみたいだ。嗚呼、マンコ誕生。」などと。

アヤはなぜかこの傷を大切にし、医師の勧めも断って縫合もせずに、傷を温存しようとします。ここで、傷口から赤ん坊の女性性器が連想され、傷と性器は等号で結ばれることになります。こんなふうに。

「裂け目、と言ってもいいのかもしれない。割れ目、よりは裂け目だ。マンコよりは、裂け目だ。マンコなんて下品だし、割れ目なんてすごく綺麗だ。裂けてるんだ。私たちは、裂けてる。いつもいつも、マンコを裂けさせて、いつも待っている。いつも、何かが入ってくるのを。そして祈っている。それが茄子とかキュウリでない事を。」

「ヴァギナ=傷」のイメージは、ここから加速度的に増殖を始めます。

アヤがずっと憧れていた村野とようやく性行為に及んだとき、村野はしきりにアヤの内腿にある刺し傷を舐め上げます。傷を舐められながらアヤは何度も「好きです」と繰り返します。意志の疎通がないのに、幸福感を味わいながら。「私に死をもたらしてくれる白鳥」のようにみえる村野に対して、アヤは殺されてもいいと考えるのです。

「私の中に入って内側から私をえぐってくれればいいのに。(中略)その手で私を血と肉だけにしてくれればいいのに。」

「村野さんは親指を傷に食い込ませていた。一センチほど、傷口を割って親指が入っていた。私の天井が、崩壊を始めた。ああ、このまま私をえぐり殺して。もっと入れて。その穴こそが私の貴いマンコなんです。」

こうして彼女の唯一の願いは、村野によって殺される事になっていくのです。

「競馬も、スロットも、競輪も、ロトも、何もやらない。だから私に最高の死をください。

彼の手から与えられる、唯一の幸せを私にください。ビンゴ、と叫びたいのです。」

ここで重要なのは「愛する相手によって殺されること」ではありません。そうしたテーマは、いまとなってはむしろ凡庸なものでしょう。性愛のきわみとしての死は、『憂国』や『愛のコリーダ』といった先例はまだしも、いまや『失楽園』化してしまいました。それらは「死」の作用のもと、性関係を物語化（＝固有名化）することで、いわば一つの刻印として永続化する営みです。また、その限りにおいてはファルス的享楽にすぎません。

金原さんの描く性愛は、そうした先例とは決定的なまでに異質です。

アヤという女性は、傷で交わり、死によって報われる存在です。エクスタシーは「小さな死」とも言われますが、彼女は「不感症」として死に抵抗することすらありません。アヤの砂漠のように殺伐とした性愛描写は、性行為そのものが死の契機であるかのようです。そこにはもはや人を固有化してくれる「死」はありません。それはいわば熱力学的な死であり、「個人」を構成する分子がほどけて果てしなく拡散し、エントロピーが極大化していくような死なのです。

そう、特権的な固有化の作用を持つ「死」に対して、アヤの願う「死」は徹底した匿名化の作用を及ぼすでしょう。前者をファルス（≒ペニス）のような死と言いうるなら、後者は仮に傷（≒ヴァギナ）のような死と言えるかもしれません。

傷のような死は、あるいは「雨が降るように」（ドゥルーズ）と形容されるべきでしょうが、アヤ自身はそれを灰になることになぞらえます。タバコを吸う村野の仕草を眺めながら、アヤは灰になって、村野に吸われることを切望するのです。

「火葬にして私の煙を肺いっぱいに吸い込んでほしい。深呼吸するように、私を吸いきってくれたなら、私はきっと彼の中で幸せを感じられるのだろう。そして灰になった私を、灰皿からゴミ袋に吸い殻を捨てるように、無造作に捨ててほしい。」

話はここで、「傷」から「人形」へと、ふたたび回帰します。

あらゆる人形は、本質的に女性身体の複製物であるという説があります（男性をかたどった人形の存在は、いってみれば偽薬のようなものです）。本質的なもの（＝ファルス）に固執する男性に対して、女性は表層的なもの（＝複製としての身体）に固執します。だから女性特有の人形愛を、男性が共感的に理解することはできません。男性はとうてい「複製されること」に耐えられないからです。

匿名化への（欲望ならざる）欲望、という意味で、女性の人形愛は自傷行為に似ています。手首自傷が、しばしば無数の平行する浅い切創として表現されることをご存じでしょうか。このとき、複製物としての身体表面を切り裂く行為は、あきらかに性器の複製を意味しています。私たちは裂けている、というアヤの言葉を思い起こしてみましょう。

もはや生殖とは無関係な、純粋なヴァギナで身体を覆い尽くすこと。その意味で、ベルメールの球体関節人形は、あたかも全身を分割によって性器化した、女性身体そのもののようです。この写真が本作の表紙にふさわしい理由は、もうおわかりでしょう。

だからこそ、この小説における特権的な瞬間は、アヤの内腿の傷に村野の指が食い込んでいく、あの瞬間なのでしょう。それは自傷の傷であり、複製可能な性器でもあります。かくして傷を媒介とする転移の三角形が成立するのです。

そう、アヤはホクトのペドフィリックな行為を嫌悪しつつ、なぜか追い出しも通報もせずに、むしろ行為を煽りさえします。ホクトの行為はアヤの傷の原因となり、またアヤと性交しようとしたホクトは、アヤに大腿部を刺されてしまいます。村野はアヤに懇願されるがままに性交し、あげくに入籍までしてしまうのですが、二人の疎隔感は一向に縮まりません。ここでホクトが赤ん坊との性行為を否認し続けることは、村野がアヤの願望を受け入れようとしない関係と並行しているようにもみえるのです。

「もしかしたらあの赤ん坊は、私なのかもしれない。」

アヤがこの呟きから、あるいは彼女の性的虐待歴などを読み取るべきでしょうか。おそらく、そうではありません。描かれるのは傷の反復ではなく、傷の増殖にほかならないからです。赤ん坊＝私という認識は、私の複製物、すなわち人形としての赤ん坊を意味します。この複製は傷＝膣を介して、鶏から兎へと連鎖していくでしょう。傷の増殖からエントロピーの増大がはじまり、その極大は死＝灰を意味するでしょう。

「ああもうすでに私は、灰なのかもしれない。村野さんはもう私を吸いきってしまったのかもしれない。」

そして小説は、唐突に終わります。まるで彼女自身が、突然灰と化して虚空に飛散してしまったかのように。もはや性愛と死は、そのエントロピーの最大値において描かれてしまいました。しかしそれすらも、金原さんにとっては次の物語への布石にすぎなかったようにも思えます。ここから『ＡＭＥＢＩＣ』へ、さらに『オートフィクション』へと、いかなるジャンプがなされたか。それは読者の皆さんが、ご自身の眼で確かめてみることをお勧めします。

この作品は二〇〇四年四月、集英社より刊行されました。

集英社文庫　目録（日本文学）

片野ゆか　平成犬バカ編集部
かたやま和華　猫の手、貸します　猫の手屋繁盛記
かたやま和華　化け猫、まかり通る　猫の手屋繁盛記
かたやま和華　大あくびして、猫の恋　猫の手屋繁盛記
かたやま和華　されど、化け猫は踊る　猫の手屋繁盛記
かたやま和華　笑う猫には、福来《きた》る　猫の手屋繁盛記
かたやま和華　ご存じ、白猫ざむらい　猫の手屋繁盛記
加藤元　四百三十円の神様
加藤元　本日はどうされました？
加藤元　ごめん。
加藤元　嫁の遺言
加藤ジャンプ・原作／文　土山しげる・画　今夜はコの字で　完全版
加藤千恵　ハニー ビター ハニー
加藤千恵　さよならの余熱
加藤千恵　ハッピー☆アイスクリーム
加藤千恵　あとは泣くだけ

加藤千穂美　エンキリ　おひとりさま京子の事件帖
加藤友朗　移植病棟24時
加藤友朗　赤ちゃんを救え！　移植病棟24時
加藤実秋　インディゴの夜
加藤実秋　「NO」から始めない生き方　先端医療で働く外科医の発想
加藤実秋　チョコレートビースト　インディゴの夜
加藤実秋　ホワイトクロウ　インディゴの夜
加藤実秋　Dカラーバケーション　インディゴの夜
加藤実秋　ブラックスローン　インディゴの夜
加藤実秋　ロケットスカイ　インディゴの夜
加藤実秋　学園《スクール》王国《キングダム》
加藤実秋　渋谷スクランブルデイズ　インディゴ・イヴ
上遠野浩平　荒木飛呂彦・原作　恥知らずのパープルヘイズ　―ジョジョの奇妙な冒険より―
金井美恵子　恋愛太平記1・2
金子光晴　女たちへのいたみうた　金子光晴詩集
金原ひとみ　蛇にピアス

金原ひとみ　アッシュベイビー
金原ひとみ　AMEBICアミービック
金原ひとみ　オートフィクション
金原ひとみ　星へ落ちる
金原ひとみ　持たざる者
金原ひとみ　アタラクシア
加野厚志　龍馬暗殺者伝
加納朋子　月曜日の水玉模様
加納朋子　沙羅《さら》は和子《わこ》の名を呼ぶ
加納朋子　レインレイン・ボウ
加納朋子　七人の敵がいる
加納朋子　我ら荒野の七重奏《セプテット》
壁井ユカコ　2.43　清陰高校男子バレー部①②
壁井ユカコ　2.43　清陰高校男子バレー部　代表決定戦編①②
壁井ユカコ　2.43　清陰高校男子バレー部　春高編①②
鎌田實　がんばらない

集英社文庫　目録（日本文学）

鎌田實／高橋卓志　生き方のコツ　死に方の選択
鎌田實　あきらめない
鎌田實　それでもやっぱりがんばらない
鎌田實　ちょい太でだいじょうぶ
鎌田實　本当の自分に出会う旅
鎌田實　なげださない
鎌田實　たった1つ変わればうまくいく　生き方のヒント幸せのコツ
鎌田實　いいかげんがいい
鎌田實　がんばらないけどあきらめない
鎌田實　空気なんか、読まない
鎌田實　人は一瞬で変われる
鎌田實　がまんしなくていい
神永学　イノセントブルー　記憶の旅人
神永学　浮雲心霊奇譚　赤眼《せきがん》の理《ことわり》
神永学　浮雲心霊奇譚　妖刀《ようとう》の理《ことわり》
神永学　浮雲心霊奇譚　菩薩《ぼさつ》の理《ことわり》
神永学　浮雲心霊奇譚　白蛇《はくじゃ》の理《ことわり》
神永学　浮雲心霊奇譚　呪術師《じゅじゅつし》の宴《うたげ》
神永学　浮雲心霊奇譚　血縁《けつえん》の理《ことわり》
加門七海　うわさの神仏　日本闇世界めぐり
加門七海　うわさの神仏　其ノ二　あやし紀行
加門七海　うわさの神仏　其ノ三　江戸TOKYO陰陽百景
加門七海　うわさの人物　神霊と生きる人々
加門七海　怪のはなし
加門七海　猫怪々
加門七海　霊能動物館
香山リカ　NANA恋愛勝利学
香山リカ　言葉のチカラ
香山リカ　女は男をどう見抜くのか
川内有緒　空をゆく巨人
川上健一　宇宙のウインブルドン
川上健一　雨鱒の川
川上健一　らららのいた夏
川上健一　翼はいつまでも
川上健一　四月になれば彼女は
川上健一　渾身
川上弘美　風花
川上弘美　東京日記1＋2　卵一個ぶんのお祝い。／ほかに踊りを知らない。
川上弘美　東京日記3＋4　ナマズの幸運。／不良になりました。
河﨑秋子　鯨の岬
川西政明　決定版評伝　渡辺淳一
川西蘭　ひかる、汗
川端康成　伊豆の踊子
川端裕人　銀河のワールドカップ
川端裕人　今ここにいるぼくらは
川端裕人　風のダンデライオン　銀河のワールドカップ　ガールズ
川端裕人　雲の王
川端裕人／三島和夫　8時間睡眠のウソ。　日本人の眠り、8つの新常識

集英社文庫

アッシュベイビー

2007年5月25日　第1刷
2022年8月13日　第2刷

定価はカバーに表示してあります。

著　者　金原《かねはら》ひとみ

発行者　徳永　真

発行所　株式会社 集英社
東京都千代田区一ツ橋2-5-10　〒101-8050
電話　【編集部】03-3230-6095
【読者係】03-3230-6080
【販売部】03-3230-6393(書店専用)

印　刷　大日本印刷株式会社

製　本　ナショナル製本協同組合

フォーマットデザイン　アリヤマデザインストア　　マークデザイン　居山浩二

ISBN978-4-08-746157-2 C0193